Peggy dans les phares

Du même auteur

Masques, Vents d'Ouest, 1997.

Sous le pseudonyme de Clara Ness

Ainsi font-elles toutes (roman), XYZ, 2005.
Genèse de l'oubli (roman), XYZ, 2006.

À Mademoiselle R.

« Combien chèrement est-elle moi ?
Combien chèrement est-elle moi ?
Combien chèrement, combien
très chèrement suis-je elle ? »

Natalie Barney citant Gertrude Stein,
Traits et portraits

1

1985

— Allô j'écoute ?
— C'est moi.
— C'est vous Peggy ?
— Qui d'autre.
— Vous êtes seule ?
— Comment ça ?
— Il y a quelqu'un avec vous ?
— Non, je suis seule.
— D'accord.
— Je vous sens inquiète ?
— Pas du tout, je demande comme ça.
— Comment vous sentez-vous ?
— C'est la grande forme.
— Bon, j'ai une grande nouvelle à vous annoncer !
— Dites-moi ? Vous êtes internée avec moi ?
— Ah ça non, pas encore.
— Pourtant il y a matière.
— Vous tenez le coup ?

— Je veux mourir, oui. Il n'y a pas un bruit sur la ligne ?

— Un bruit ?

— Oui, un son étrange. Pas comme d'habitude.

— Mais pas du tout.

— Ah bon.

— Alors écoutez bien : Lulu a eu ses bébés !

— C'est pas vrai ? Combien ?

— Aucune idée. Trop ! Ils se ressemblent tous. Cinq je crois. Si vous les voyiez…

— Oh. Gardons-les.

— Vous arrivez à dormir ?

— Très peu.

— Vous écrivez ?

— Oui. Un vrai chef-d'œuvre.

— Moi aussi.

— Vous écrivez ?

— Non, je n'arrive pas à dormir. Et puis les chiots hurlent de faim, il faut les nourrir à la pipette.

— Vous pensez à moi ?

— Sûrement pas.

— Je suis heureuse de vous entendre.

— Vous devenez sentimentale.

— Merci d'avoir appelé Peggy.

— Je passerai demain.

2

Combien de séjours en clinique, Françoise ? Combien de fois te surprendrai-je la main dans cette trousse de velours ? Je m'assois à ta table de travail, caresse ta machine, les touches frappées mille fois. Je peux imaginer le calme et la panique de cet espace confortable qui n'exige rien d'autre que l'envie d'écrire un bon livre. Je remarque pour la première fois l'organisation originale de tes petites affaires éparpillées sur le bureau, les cigarettes rangées dans leur étui, les stylos étonnamment bien alignés près des carnets, comme des lignes et des points qui composeraient un tableau. Je n'avais jamais remarqué ta manière si constructiviste de structurer l'espace. Manie ? Superstition ? Vieille habitude ? À moins que ce ne soit Pepita qui ne range ton bureau ainsi tous les matins ? Comment ne puis-je pas le savoir ? Un frisson parcourt un arbre voisin, des enfants crient dans la cour toute proche. Je dors en plein jour comme tu le fais, peut-être arriverai-je à me glisser enfin dans ton personnage ?

Tu as laissé ton pull beige roulé en boule sur le fauteuil, il semble ronronner comme un chat endormi. Un cheval bleu se tient debout sur la commode, surplombant nos objets aimés, colliers, cartes de visite, pots de crème, carnets de notes et flacons de parfum. Le tourne-disque attend qu'on l'actionne. Les livres sont posés pêle-mêle dans la bibliothèque. Au premier rayon de soleil je remarque la trace de tes doigts dans la poussière d'une couverture. La vie s'est comme mise à l'arrêt, entraînant ton royaume dans un sommeil de cent ans. En sortant de la douche j'ai cru t'entendre m'appeler mais il n'y avait personne ; un fantôme avait pris ta place. Pendant des jours j'ai dû redéposer dans les placards la deuxième tasse du petit-déjeuner. Ton fantôme me commande les gestes, j'y réponds docilement.

Aujourd'hui ta présence est pour ainsi dire devenue inversée. Tu es si absente que tu es partout, je n'ose rien toucher de peur de déplacer le souvenir et l'évidence de toi. Je fume, pied sur la chaise, observant ce qui m'entoure comme un décor étranger. Et si cette chambre, ce lit, ces draps et nos objets emmêlés constituaient une espèce de musée ?

Parfois quand je te regarde dormir tu émets des bruits d'animal blessé comme un lièvre pris dans un collet. Lorsque j'attrape un mot au vol, j'essaie de reconstituer le rêve mais rapidement tu te réveilles paniquée et ne te rendors que plusieurs heures plus tard. Une minuterie scande malgré nous le rythme des jours comme si le temps calculé nous permettait de ne pas nous perdre. Moteur du réfrigérateur.

Déclenchement de la chaudière. Tic-tac de l'horloge de la cuisine. À l'étage un volet claque paresseusement, bercé par les courants d'air. Il n'est que dix heures et le téléphone, posé sur la table, me toise avec ses petits numéros.

Depuis ton accident en 1957, tes souffrances sont restées intactes comme si le corps se rappelait toujours du contraste irréconciliable entre la douceur d'avril et la violence de la mort, deux mondes s'entremêlant pour engendrer un monstre mental. Au fil des années on pourrait imaginer que les images s'estompent mais c'est le contraire. Quand tu t'en ouvres elles affluent avec encore plus d'intensité et de terreur – à moins que cela ne soit qu'une reconstitution ultérieure, construite de toutes pièces avec les témoignages et les photos vus dans les journaux, soigneusement découpés ? Le corps y revient sans cesse, abîmé de l'intérieur, appréhendant le prochain choc.

Anticipais-tu l'accident de tes vingt-deux ans ? As-tu vu tes amis se faire éjecter dans les champs ? As-tu senti la chaleur de l'Aston Martin s'écraser sur toi après les roulades et les assauts avant de te coincer au sol de tout son poids ? Je pourrais restituer parfaitement ces moments tant ils t'habitent avec une précision morbide. Le bruit de l'accident te revient régulièrement, avec l'odeur du métal brûlé et la sensation diffuse de la masse, chaude, endormie, contre laquelle tu ne peux pas lutter. Quelqu'un crie, voix masculine jeune et paniquée : « Elle est là ! » Puis plus rien. Les jours, les semaines qui suivent se déroulent dans un état quasi utérin, comme dans une vie antérieure à la vie.

Où va la conscience, dans ces instants où la pensée vagabonde ? Sous quel prétexte le cerveau se met-il à arrêter de communiquer des images, des pensées, des associations ? Et pourquoi le corps s'acharne-t-il à envoyer mécaniquement de l'air, pompant le cœur, dans l'éprouvante espérance d'insuffler la vie sous les paupières du dormeur ?

Quand tu te réveilles en ce mois d'avril 1957, tu vois une aiguille s'approcher de ton bras avant qu'elle pique puis perce la veine bleue au creux du coude. Une main rougeaude pousse doucement un piston dans un tube gradué. Les gestes sont exécutés avec précision. Tu assistes dans une passivité extrême à la première représentation d'une pièce qui se rejouera toute ta vie. Tu penses te rendormir à nouveau mais ton regard croise celui de l'infirmière qui sursaute, « Oh, vous êtes là ! » – comme si du fond de ta narcose, tu n'étais plus tout à fait vivante. Tu sens alors une douleur extraordinaire dans chacun de tes os. Ton crâne veut se disloquer, revenir à sa souplesse originelle. Tu veux toucher ta tête pour t'assurer que les os tiennent en place mais tu n'arrives pas à lever le bras. Tu te crois paralysée, tu imagines la matière grise en train de se répandre. L'infirmière se lève, elle dit : « Je vais chercher les médecins et votre frère, surtout ne vous endormez pas madame Sagan. » Tu te rappelles alors que tu n'es plus la petite fille Quoirez mais une autre, un personnage d'écrivain qui s'est superposé au précédent et qui est devenu ta véritable identité. Tu voudrais que l'infirmière revienne, sa présence est trop réconfortante pour en être privée si vite mais au même moment le poison se met à produire ses effets et tu goûtes pour la première fois à la morsure, au baiser de venin. Le poison porte un nom et un chiffre : Palfium 875. Quelques semaines plus tard tu es de nouveau hospitalisée, cette fois dans une clinique spécialisée de Garches pour te libérer de ta nouvelle addiction. L'orviétan destiné à te soulager t'a rendue dépendante.

Il y a ce corps dont on ne fait pas grand-chose quand on est écrivain et qui pourtant vous rappelle à l'ordre, se plaint, vous envoie ses signaux, crie bien fort qu'il voudrait qu'on s'occupe de lui, de l'intérieur mais aussi de l'extérieur, de son enveloppe. C'est encombrant, mais c'est comme cela. Quand tu te lèves, la douleur est si grande qu'elle t'empêche de t'élever. Tu voudrais qu'on t'assomme une bonne fois pour toutes, c'est ton mot préféré d'ailleurs, tu le répètes à l'envi : tout est assommant, l'époque, les gens, la télévision.

Dans ta chambre de Garches tu guettes les moindres sons, tout ce qui pourrait témoigner de cette vie palpitante qui se déroule de l'autre côté de la porte. Tu essaies de te raccrocher à des poèmes, un d'entre eux t'est revenu et a déroulé son ruban, celui de la mer avec le soleil. Tu t'abandonnes à ces images quand le manque devient trop puissant et qu'il décide à ta place ; l'ombre ronde t'enveloppe et te rappelle à quel point la vie est violente dans ses contrastes les plus irréconciliables.

Combien de fois, agenouillés à ton chevet, avons-nous été sollicités ? Tu attendras souvent, dans une succession de chambres et de lits, que ceux que tu aimes viennent à ton secours, tirant ainsi sur une laisse invisible. À Garches, alors que tu gambadais joyeusement sur les frontières de la mort, on t'a annoncé ce que tu n'osais plus espérer : « M. Guy Schoeller est là. »

Et Guy est entré. Tous les jours il revient te voir. Il t'apporte des fleurs et son affection, ses grands yeux tristes et ses airs empruntés te réconfortent. Guy Schoeller a déposé son chapeau sur Proust-Michelet-Baudelaire-Chateaubriand. Tu aimes son costume bleu croisé et ses mains pâles. Ses joues sont rasées et ses cheveux coiffés avec une goutte de gomina puis plaqués sur le côté. Tu as honte d'être là dans ce lit, le visage enflé. Tu aimerais être jolie pour lui, plus jolie que tu estimes l'être. Guy dépose un baiser paternel sur ton front alors que ton corps voudrait qu'il t'enserre. Es-tu vraiment ce garçon manqué que le reflet des glaces te renvoie ? Tu vois parfois dans les yeux de Guy un doute, tu sais que tu ne lui plais pas spontanément mais que ce sentiment de déception, à force de conversations, finit par s'éteindre. Tu le guettes avec inquiétude, cherches à savoir si tu fais naître chez lui un feu invisible. C'est quelque chose que tu vérifies souvent, dans la rue, dans les restaurants, dans les soirées, si ta présence peut susciter, ou pas, cette espèce d'embrasement.

« Vous lisez ? Vous écrivez ? — Difficilement. Un petit journal. Impubliable. — Faites voir ? Je m'y connais en manuscrits impubliables. — Pas tout de suite. » Guy s'agite, parle de ses collègues, des bilans, des chiffres, des conseils d'administration. De cette collection qu'il aimerait créer, des œuvres complètes en format poche. À peine décèles-tu le parfum délicat sur ses poignets que le souvenir du flacon dans la salle de bains te revient comme une preuve de la vie d'avant, l'autre vie. Quand Guy Schoeller sourit de fins sillons se creusent autour de sa bouche. Son cou maigre disparaît sous une chemise à col Oxford, fermée par de petits boutons nacrés. Tu imagines Guy dans les couloirs de sa maison d'édition, inspirant la crainte et le respect, nourrir sa réputation d'homme élégant qui aime les femmes, les livres et les chevaux, et dont l'attitude dédaigneuse impressionne.

Tu sais séduire par les mots mais avec Schoeller c'est différent. Sa présence est déconcertante. Il est là sans y être. Un homme impossible à cerner, mais peut-être est-il juste inintéressant ? Tu es mal à l'aise au point de perdre avec lui l'habitude de la parole. Tu oublies que ta voix porte et peut être entendue. Comme toujours et encore plus ici, tu abrèges les phrases, bégaies, veux te soustraire aux impératifs de la conversation. Il te faut parler vite, le plus vite possible pour être entendue, qu'on ne te coupe jamais la parole. Vieux réflexe d'enfance, dîners où tu n'avais que quelques secondes pour relater tes journées. Cette précipitation a l'effet inverse, tes interlocuteurs se perdent dans le flot des mots. Lui, c'est tout le contraire. Sa voix basse se pose lentement dans l'espace. Schoeller a une manière exquise de bouger, de croiser ses longues jambes, de jeter sa main vers l'avant pour retrousser ses manches. Il a cette grâce aristocratique qui façonne les gestes, le corps et la personnalité en profondeur.

En le rencontrant pour la première fois à New York tu avais senti cette arrogance puissante, celle de l'homme blasé qui cherche quelque chose de plus. Tu sais que Guy, comme un tas de gens, aimerait écrire, mais tu ne le vois jamais travailler – ce que tu trouves charmant parce que pour une fois tu y vois une limite intérieure, une faille qui lui interdirait de mener à bien ses ambitions. En tout cas Guy dit qu'il t'aime, qu'il va te sortir de là et tu t'accroches à cette idée. Et s'il y avait une autre réalité enviable, une vie éblouissante qui nous tendait les bras si nous en avions l'énergie et le talent ? « Françoise, si vous vous en sortez, parce que vous allez vous en sortir bien sûr, eh bien, je vous épouserai. » C'était sorti comme ça, comme un souhait qui n'était même pas une question. Ce n'était pas chevaleresque ou drôle ou léger ou provocateur ou fou ou sérieux. Guy Schoeller avait énoncé la question sans marquer l'interrogation comme si ces épousailles lui revenaient de droit parce qu'il était l'éditeur séduisant et riche qui allait te voir, toi, le jeune écrivain célèbre et diminué. Toi qui aimais le brouhaha des foules et des restaurants, la vie absolue et les jeux de hasard, une des décisions les plus importantes de ta vie s'était prise ainsi, dans un dénuement monacal. Le peu de considération de Guy à ton égard aurait pu activer chez toi un principe de précaution universel mais les prétextes amoureux ne sont pas toujours nobles ni édifiants. Là, couchée dans ton lit de clinique, contrainte de suivre le traitement sadique du Dr Morrel (« Vous avez accès au Palfium. Il y en a dans le tiroir, juste là. C'est vous qui décidez de le prendre ou de ne pas le prendre »), tu restes si attentive à sa parole.

Ce jour-là Guy est parti comme il est venu. Il a éteint ta lampe de chevet comme on le fait pour les enfants. Il t'a dit de dormir mais il n'était que dix-sept heures. Tu voulais écrire, tu as écouté ses pas s'éloigner de ta chambre, abasourdie par cette visite qui n'était pas celle d'un homme, de la place d'un homme dans la vie d'une femme. Mais Guy Schoeller a tenu sa promesse. Il est revenu tous les jours. Malgré la fatigue et la solitude et le manque de drogue parce que c'est cela qui te manque d'abord, la drogue, le soulagement induit par la drogue, et l'envie de cette drogue, tu trouves des astuces de conversation, puises en toi les ressources d'humour et de finesse pour l'amuser, le divertir, l'exciter. Tu joues des rôles, inventes comme tu le peux malgré ton épuisement. Il y a des jours où tu préférerais te pendre mais tu ne te décourages jamais malgré l'infatuation de Guy qui l'aveugle et l'éloigne. Tu observes ton futur mari, assis sur ton lit, honorer son rendez-vous quotidien auprès de toi, tapoter les livres qu'il t'a apportés (Carson McCullers,

Tennessee Williams) et les gâteaux aux amandes qu'il finit par manger. Il renouvelle ses vœux, à la fois gentil et distant, s'inquiétant de ta fatigue : « Vous avez l'air épuisée. Prenez-vous tous vos médicaments ? J'espère qu'on vous soigne bien ici. Aimeriez-vous changer d'établissement ? » Et surtout : « Pensez-vous que ce… traitement, ce sevrage… Il fonctionne ? » Oui il avait l'air de se soucier de toi. De le faire consciencieusement, comme le ferait un mari pour sa femme malade. Tu te disais : je vais épouser un homme qui m'aime, et nous serons heureux. Cette hypothèse toute simple était un salut, le seul que tu aurais. Alors ta respiration se faisait plus calme. Quand les crises de manque revenaient, tu revoyais ce visage.

Tu imaginais une vie remplie de fêtes et d'écriture, où le quotidien serait un enchantement fait de conversations poussées, de rencontres, de voyages, de balades à cheval, dans l'univers de Guy, toi protégée par lui et lui éclairé par toi, un couple dont l'Histoire se souviendrait. Que vos amis respectifs s'apprécieraient spontanément, qu'ils formeraient une troupe. Tu as vingt et un ans. Dans quelques mois tu deviendras Mme Guy Schoeller aux yeux de l'administration mais tu conserveras ton identité de romancière. Plus tu penses à cette promesse, apaisante, loin de l'excitation échevelée de ces dernières années, plus ton état s'améliore. Tu revois le couple que formaient tes parents, fantasques et généreux. Chez les Quoirez on recevait avec largesse, et l'excentricité allait de pair avec la bienséance. Un certain bonheur conjugal, contrairement à ce que disent les personnages de tes romans, était possible.

La promesse de Schoeller a eu un effet immédiat sur ta convalescence. En une semaine les crises se sont espacées puis ont disparu. Les médecins, ravis, se congratulaient de leurs bons soins. Tu es sortie de la clinique au bout de quelques jours, persuadée d'être guérie. Tes douleurs, nettement réduites, étaient devenues supportables.

3

En 1954 Peggy Roche a vingt-cinq ans. Elle aime se déguiser selon le goût des hommes, devenir une femme Jacques Heim, robes de duchesse, plis de satin. Une femme Jacques Fath, falbalas et oiseaux. Une femme Hubert de Givenchy, robes en mousseline et fleurs d'eau. C'est si facile d'être aimée lorsque l'on se conforme exactement au désir qui nous façonne. Tu es douce ! Tu es belle ! Tu es dure ! Tu es impitoyable. Tu es ravissante. Tu te négliges ! Tu es excessive. Tu es adorable. Tu es gentille. Tu es égoïste ! Tu es merveilleuse. Tu es distante. Tu es timide. Tu es autoritaire ! Tu es violente. Tu as grossi ! Tu as minci. Tu es fatiguée. Tu penses trop. Tais-toi ! Mais parle enfin !

Le quotidien des mannequins est abrutissant. Il faut attendre en culotte pendant huit heures en espérant que la chef de cabine les appelle une à une pour essayer un modèle. Le premier d'atelier, pour les tailleurs, ou la première, pour le *flou*, c'est-à-dire les robes, pose alors une toile sur le corps du mannequin. Puis arrive le maître, celui qui a dessiné la robe.

Pendant des heures, des couturières tournent autour des filles avec des épingles et font des *bâtis.* Surtout ne pas bouger ni parler, rester toujours droite, toujours impeccable, obéir avec grâce, ne jamais dire : je suis fatiguée, pouvons-nous déjeuner ? Puis-je avoir un verre d'eau ? Les femmes mannequins n'ont pas faim, n'ont pas soif et ne sont jamais fatiguées. Elles vivent grâce à leur corps sans avoir à proprement parler de corps.

On demande souvent aux petites filles de se taire, d'être polies, d'être aimables, et beaucoup de femmes restent toute leur vie dans ce coin des pièces. Être mannequin est une suite logique de l'enfance. Pour celles qui sont appelées à ce métier, rapidement l'œil se retourne sur elles-mêmes. Elles se regardent vivre, bouger, prennent conscience des habits qui tombent, de la lumière qui vient heurter leurs épaules, de la moindre mèche qui encadre leur visage. Le corps devient un objet à la disposition du regard, contenu et surveillé.

Sur les marchepieds, Peggy rentre ses épaules, déforme son dos pour en faire une petite vasque afin que la poitrine s'efface. Ne bougez pas. Penchez-vous. Levez le bras. Les couturières donnent leurs ordres mécaniquement comme à des chiots qu'il faut dresser. Peggy fait partie de celles-là. Si elle bouge, les épingles fixées dans la toile piquent la peau par dizaines et les mesures s'avèrent fausses. Alors il faudrait tout découdre. Pendant des heures Peggy se fige, c'est d'ailleurs sa plus grande qualité. Attendre, avant de descendre en elle avec une piété de bonze. Quand le maître arrive, il reprend, corrige, arrache sauvagement une manche pour la refaire façon Balenciaga ou bien il reprend doucement un ourlet, comme le ferait Givenchy. Les journées passent ainsi, dans la minutie des gestes, le froissement des robes et le bruit métallique d'un doigt qui fouille dans une boîte d'épingles.

Les mannequins sont embauchées pour une saison. Au bout d'un mois de préparation des modèles, elles défilent une première fois dans des salons d'hôtels, des appartements ou au siège de la maison de couture pour Saks ou Bloomingdale's. Puis pour les actrices et les aristocrates. Les mannequins tiennent des petits numéros et marchent doucement, leurs talons s'enfoncent dans le moelleux des tapis. Elles voyagent parfois à l'étranger, là où le marché se déplace, pour montrer au monde entier le savoir-faire français. À la saison suivante, il faut tout recommencer. Le maître donne son croquis à la première d'atelier, avec le nom du mannequin associé. Une fille des cabines est appelée. La toile est posée. Épingles. Ciseaux. Coupes. Épingles. Les saisons passées sont vendues, portées, photographiées, remisées, oubliées dans des housses. Ou alors revendues, plus tard, aux enchères. Ou alors exposées parfois dans les vitrines des musées.

Peggy entre dans la mode en 1954 au même moment où paraît *Bonjour tristesse*. « Peggy ma chérie tu es là ! — Bonjour mon trésor tu vas bien ? — Ah tu es radieuse mon cœur, on y va ? — Chérie je t'embrasse allez à tout à l'heure. » Peggy sait que pour réussir dans la mode il lui faut accéder à la beauté, à l'essence du beau, des drapés de vestales grecques jusqu'aux fripiers londoniens. Comment s'inventer ?

Hélène Lazareff, alors rédactrice en chef du *Elle*, avait repéré Peggy parce qu'elle fumait nonchalamment, habillée en noir et blanc avant tout le monde. Sa liberté, son énergie animale donnaient immédiatement envie de la regarder. Guy Schoeller, alors propriétaire de l'hebdomadaire *Elle*, avait donné son aval : Peggy Roche est sublime, qu'elle revienne.

C'est une époque où Peggy va au cinéma, au Mac-Mahon ou à la Cinémathèque, passe de l'écran à la rue, cherche celles qui lui enseigneront l'image, toute l'image. Le premier choc, c'est *Mata Hari* avec Greta Garbo. Pendant une heure et demie des rivières de bijoux, de fil d'or, de broderies précieuses, de franges et de paillettes s'étalent sous ses yeux. Elle regarde avec fascination les femmes qui lui enseignent le chic, un chic américain qui emprunte lui-même à la mode européenne : Bette Davis, Joan Crawford, Greta Garbo, Katharine Hepburn, Marlene Dietrich. Corps d'une sophistication et d'un érotisme extrêmes, déjouant par la ruse la censure du code Hays. À Hollywood les costumiers cherchent la ligne d'entrave, la bonne hauteur pour poser le bandeau horizontal, sous les seins ou les hanches, effaçant ou accentuant la féminité, déplaçant le désir dans les fentes des décolletés. Peggy note tout, les cous et les dos nus, les mains, les lèvres des femmes de Hollywood, avec leurs coiffures incroyablement soignées, leurs yeux parfaitement maquillés et leur peau de lait, là où la pellicule vient puiser sa lumière. Une fois sortie du cinéma Peggy imite leurs gestes, peaufine discrètement sa démarche jusqu'au métro ; elle veut devenir comme elles, l'une d'elles, à la fois grave et magistrale. Exiger tout, devenir quelqu'un d'autre, pour disparaître et renaître tout autre.

Une fois rentrée à la Villa, Peggy redessine de mémoire ce qu'elle a vu quelques heures plus tôt. *A Woman of Affairs* : lourde gabardine d'homme avec doublure en tartan, portée sur un chemisier blanc avec un mouchoir noué pour donner l'effet d'une cravate. *Le Torrent* : robe en soie, probablement vert sombre, cousue près du corps avec des manches en dentelle et un col de fourrure blanche. Katharine Hepburn dans *The Philadelphia Story* flotte littéralement dans une robe nuage retenue à la taille par une large ceinture de satin, les cheveux juste ondulés arrivant aux épaules. Joan Crawford est la plus fascinante, fatale au sens premier. Peggy note comme d'habitude dans son journal la date, l'actrice et le titre du film. Cela donne : « 28 février 1949. Joan Crawford dans *Pluie.* Chapeau cloche avec plumes. Chemisier motif vichy. » Elle souligne le titre du film de deux traits.

Avant les essayages, avant d'aller chez *Elle*, Peggy choisit des chapeaux en feutre qu'elle ajoure d'un ruban gros grain, vole parfois, à la fin d'une journée chez Jacques Heim, une paire de gants ou une ceinture. Peggy se constitue petit à petit une armure de soie. Elle fait reproduire un tailleur goudron comme celui de chez Balmain, collection Jolie Madame, juste pour voir comment ça fait quand la taille est prise, les hanches galbées d'une basque arrondie. Chaque passante attire son œil ; elle décèle en quelques secondes ce qui ne va pas, corrige leurs tenues en les affublant mentalement d'une veste ou d'un chapeau.

Seule face au miroir, Peggy trouve une coupe de cheveux qui lui convient et qu'elle gardera toute sa vie : courte, au carré mais sous l'oreille, avec une frange nette ou, selon les périodes, une vague sur le front qu'elle appelle *le cran*. Pour y arriver elle doit lisser tous les jours, avec des plaques et des papiers, des pinces et des crèmes, des boucles noires qu'elle déteste. Enfin, elle s'affame, réduit ses repas au strict minimum, boit beaucoup et ne mange que le soir, et encore. Ses bras s'affinent, ses joues se creusent, ses yeux grandissent, sa taille s'allonge. Alors Peggy Roche devient Peggy Roche. Elle peut entrer avec éclat dans le bureau de Lazareff qui l'aime de plus en plus.

Il y a toujours une forme de résignation dans le travail, quel qu'il soit, où l'on accepte de se fondre, de se taire, contre de l'argent, contre de la reconnaissance. Cette résignation se joue de manière peut-être encore plus vicieuse ici, dans cette obligation de la féminité soumise. Peggy doit contourner cette idée en se disant que cela fait partie de son apprentissage, qu'il lui faut retenir l'essentiel pour refaire les gestes à son tour sur d'autres, un jour, pas si lointain, où elle se déciderait enfin à créer sa propre collection, quand ses idées se formaliseraient et qu'elle aurait l'argent et le temps pour le faire.

Tous les jours Peggy insiste pour assister aux shootings, observe le travail des rédactrices, garde, dans un carnet, les noms des meilleurs façonniers. Dans sa chambre de jeune fille, elle imagine des collections avec des chapeaux, des cache-poussière, des bottines, des chemisiers transparents, une panoplie qu'elle voudrait voir dans la rue, tous les jours, afin que la vie ne devienne qu'un film vivant où tout serait si magnifiquement faux que la vie enfin deviendrait magnifiquement vraie.

4

Quand François Mitterrand te propose de partir à Bogota pour un voyage officiel je mesure bien ton excitation de gamine. Vous partez le 16 octobre 1985, votre avion se pose le 17. Je suis allée au Breuil avec ton frère Jacques, dans ton manoir de Normandie, pour profiter du calme de la maison.

J'ai attendu que tu m'appelles. J'ai attendu que la délégation se rende à l'hôtel Tequendama où une suite t'était réservée. Je t'ai imaginée t'ennuyer ferme à la réception de bienvenue, cocktail et petits fours, où deux cents dignitaires te tournaient autour comme une curiosité de foire. J'ai espéré qu'au moment de gagner ta chambre, tu composes le numéro du Breuil. Nous avions établi ce rituel depuis longtemps. Je n'y manquais jamais moi-même lors de mes voyages de presse. Quand tu décrochais, je me demandais avec délice combien de temps tu avais lutté contre toi-même avant de me demander : « Tu es seule ? » Mais cette fois-ci tu n'appelais pas. Je t'ai cherché des excuses. J'ai formulé mille hypothèses à ton silence, des explications spectaculaires qui échappaient à ta responsabilité : une prise d'otage, un crash en pleine mer, un attentat à votre hôtel. Mais le journal télévisé n'annonçait rien de ce genre. J'ai pensé que tu te baladais seule dans Bogota, attirée par cette ville que tu visitais pour la première fois. Avais-tu rencontré García Márquez ? Une Colombienne au regard ourlé ? Un amant oublié ? Si c'était le cas, tu m'aurais immédiatement appelée pour jouir ensuite d'une paix royale.

Après huit heures à attendre bêtement dans le jardin puis le salon puis la chambre du Breuil j'ai appelé à ton hôtel, lâchement, comme une épouse trompée. La standardiste m'a dit que tu étais bien arrivée et que tu étais montée te reposer. J'ai eu honte de t'avoir pistée et en même temps j'étais soulagée que l'on sache où tu étais. J'ai allumé le poste de radio machinalement et j'ai entendu ce que je redoutais : aux nouvelles nationales on annonçait que tu avais été retrouvée évanouie dans ta chambre de l'hôtel Tequendama, que ton état était inquiétant. C'est la radio qui m'a longtemps liée à toi, comme si ce qui y était annoncé m'était destiné d'une manière particulière. Il était assez tôt, huit ou neuf heures. La maison dormait, j'ai réveillé ton frère en criant : « Françoise est dans le coma ! Qu'est-ce que je vais devenir ? » Il avait l'air effaré. Je connaissais ce visage.

J'ai rappelé à ton hôtel. On m'a assuré qu'une femme de chambre irait vérifier si tu y étais. J'ai patienté de longues minutes, le combiné collé sur l'oreille. La réceptionniste a repris la communication et elle a dit que oui, quelque chose s'était passé. « Vous êtes ? » Oui, qui suis-je ? J'ai raccroché. Ensuite les souvenirs se détraquent. Je crois que ton frère est entré dans la cuisine, je ne sais plus quelle heure il était. Il a appelé à ton hôtel. M'a confirmé que tu avais été retrouvée inanimée sur ton lit et transportée à l'hôpital de l'armée colombienne. J'ai pris Jacques dans mes bras, « Je le savais. — Ils te l'ont dit ? — Non. — Elle est fichue ? — Je ne sais pas. » Nous sommes montés dans la voiture, c'est Jacques qui conduisait. À Paris Mme Bartoli nous attendait sur le seuil de notre maison rue du Cherche-Midi, aussi paniquée que nous. J'ai sorti une bouteille de whisky, des verres et un seau à glace. Nous avons fumé toute la journée en tournant autour du téléphone beige, fascinés par sa présence, attendant qu'il se manifeste comme un nouveau-né relié au cordon ombilical du mur. À deux heures du matin le médecin du Président nous téléphone pour savoir si Françoise a une assurance médicale internationale. On s'est regardés tous les trois en haussant les épaules, « Bien sûr que non ». J'entends les mots insuffisance respiratoire puis scanner puis tubage. J'ai eu envie de prier alors que je ne crois en rien, je ne sais pas tellement qui ou quoi j'invoquais. Les heures suivantes se sont déroulées très vite. Ton frère s'est couché sur le canapé du salon. Le mari de Mme Bartoli est venu la chercher tard dans la nuit. Je suis restée dans la cuisine avec le téléphone, le whisky et le cendrier Cinzano.

Depuis que je te connais je vis avec l'inquiétude de te perdre. Pour la drogue, des hommes fantasques, des femmes bouleversantes qui t'emmènent ailleurs, là où je n'ai pas accès. Il y a les rivages poétiques qui ne m'ont jamais enchantée, les bals somptueux où je n'ai pas mes entrées, la rivalité vénéneuse d'un papier imbibé sous la langue et la complicité des piqûres que je n'ai jamais voulu partager. Je suis toujours arrivée à me frayer un chemin jusqu'à toi, conservant comme je le peux une dignité impériale. Mais cette fois, comment allais-je m'y prendre ? J'ai appelé à l'hôpital mille fois, persuadée que la sonnerie du téléphone pouvait te ressusciter. Je laissais sonner longtemps. Je criais « Réponds ! » puis « Je te déteste ! » en te tutoyant, la seule fois. J'étais persuadée que tu étais déjà morte et que ton âme flottait autour de nous dans la cuisine, alors que tu étais probablement en route vers l'hôpital dans une ambulance balisée. J'ai pensé à un suicide vengeur, un calcul macabre fait uniquement pour m'inquiéter. Il t'arrivait, depuis un certain temps, de m'obliger à annuler mes déjeuners pour rester avec toi, désespérée comme l'enfant qu'on abandonne devant l'école. La veille de ton départ en Colombie, j'avais refusé sèchement de répondre à tes caprices. Cette parole allait-elle être notre dernier échange ? J'étais honteuse de mon égoïsme, mais ton système affectif est si contradictoire. En soutenant l'indépendance de ceux que tu aimes, tu t'assures aussi de leur éternelle reconnaissance. Si tes proches sont choyés ils entrent aussi, à ton contact, dans une nasse d'exigences. Il faut le vouloir, ou en avoir terriblement besoin, pour être aimé de toi.

Près de vingt-quatre heures après l'annonce de ton état à la radio je me suis résolue à monter dans notre chambre. Les draps étaient froids et intacts. Je me suis assise devant la coiffeuse, j'ai décroché mes boucles d'oreille. En les déposant dans un tiroir je suis tombée sur un mot roulé dans le boîtier rouge d'une montre jamais portée. Savais-tu déjà le temps compté ? Le mot disait : « Bonne année mon Peggy. »

À sept heures je vais au kiosque. Toute la presse parle de l'accident de Bogota. Je bois un café en face. Des voisins m'arrêtent : « Est-ce qu'elle va mieux ? Est-ce qu'elle va s'en sortir ? » Ils ont l'air encore plus informés que moi. Je retourne à la maison où Mme Bartoli me tend le combiné : « Ils vont la rapatrier en France, ils la transfèrent à l'Hôpital central militaire de Paris. Ils la maintiennent endormie pour nettoyer ses poumons. — Comment ça ? — Ils l'endorment artificiellement. — Pourquoi ? Et ils partent quand ? — Tout de suite. » Des journalistes appellent sans cesse.

À midi Jacques se rend dans les studios d'Antenne 2 pour annoncer ton rapatriement. Je le regarde parler dans la fenêtre de la télévision, à un mètre du fauteuil vert où il s'assoit d'habitude, et j'ai envie d'asseoir la télévision sur le fauteuil pour qu'il soit avec moi.

Tu es arrivée à Paris le soir du 20 octobre à bord d'un avion spécialement équipé d'une unité de réanimation, le Mystère-50. Je suis sûre que le nom t'aurait plu. Quand j'arrive à l'aéroport je vois une petite chose blanche en chemise lilas couchée sur un brancard sous ventilation artificielle. Ton frère demande à un infirmier s'il peut prendre ta main. Nous roulons dans une voiture escortée par des militaires. Un médecin me dit : « Elle va s'en sortir. » Je ne sais pas qui c'est. Je ne le revois pas à l'hôpital par la suite.

J'attends pendant des heures dans la salle réservée aux familles, sursautant dès qu'une infirmière revient pour me donner de tes nouvelles qui sont bonnes. Ta sœur Suzanne est là aussi. Nous continuons à fumer et à boire du café avec ton frère qui est épuisé et pleure sans cesse. Sur la table basse il y a des vieux numéros du *Elle* dont celui de 1984 où on me voit habiller Dominique Sanda. J'avais oublié cette interview amoureuse, où tu parles de mon combat contre le mauvais goût « si vite triomphant à Paris, pour peu qu'on le déguise du doux nom de nouveautés et que des trompettes d'or l'accompagnent ». En rentrant ce soir-là rue du Cherche-Midi pour y faire une valise, prête à te veiller nuit et jour, des centaines de gerbes de fleurs et de mots étaient déposées devant notre porte. Sur l'un d'eux, quelqu'un avait écrit : « Vous êtes aimée. » Je ne sais pas pourquoi j'ai jeté le bouquet.

Dans le noir du salon et les nuits qui ont suivi, j'ai repensé à notre première rencontre. C'était en 1955, j'étais dans le bureau d'Hélène Lazareff qui t'atte... toute droite dans sa veste Chanel et son brushing. Une silhouette vient d'apparaître et s'excuse aussitôt, « Non vous ne dérangez pas ». Hélène a prononcé la phrase de manière automatique. Les mots traversent l'espace et se posent sur toi, vingt ans, petite, couverte d'un manteau léopard. Tu as ces yeux noisette très vifs et ta tête blonde décoiffée par le vent, des chevilles menues et des pieds minuscules rangés dans des chaussures noires vernies. On aurait dit un poussin. Ton visage était encore celui d'un petit garçon avec un front haut, couvert d'une frange frisottante. Deux traits épais te servaient de sourcils, encadrant des yeux légèrement tombants et qui te donnaient cet air mélancolique. J'ai tout de suite aimé ton nez en trompette et ta bouche rose. Tu étais l'être humain le plus timide et tremblotant que j'aie jamais rencontré, plus proche de l'animal, à l'âge et à l'ambition encore incertains. Tu dégageais déjà cette impatience perceptible et tu avais déjà hâte de partir.

— Alors ? Quand êtes-vous rentrée ?

— Hier soir.

— Comment va l'Italie ? Vous avez bien travaillé ?

— Nous avons roulé du sud au nord, en longeant la côte. Je ne sais pas si mes articles vous satisferont, mais j'y ai mis l'énergie.

— Je vous présente Peggy. Peggy Roche. Elle est mannequin ici, chez *Elle*. Et pour de grands couturiers aussi. Vous connaissez Givenchy.

Ton regard s'était déjà égaré une fois ou deux vers moi. Devais-je sortir du bureau d'Hélène Lazareff ? Faire semblant de m'intéresser à votre conversation ? Je t'imaginais au volant de ta voiture, mains gantées, te mouvant comme un serpent dans l'été italien. Côté passager, un photographe dormait dans l'odeur du cuir chauffé par le soleil.

Je ne comprenais pas le scandale qui t'entourait. Il y avait eu une telle démesure autour de toi, démesure du succès, de ton personnage. Tu en jouais, étonnée et amusée que cela t'arrive. Cette désinvolture faisait ton pouvoir. Tu faisais rire Hélène ; elle en redemandait. Je voyais clair dans ton jeu d'enfant, capable d'émouvoir par ta seule présence vulnérable. Pas étonnant que tant de gens s'attachent à toi. Redoutable, adorable, charmante, charmant petit monstre : toutes ces épithètes te précédaient. Tu étais un roman en marche. J'étais trop consciente de cela pour être charmée. Ta timidité m'exaspérait. Le feu, la peau, la main, la vitesse, le jazz, la mer, la lumière, minuit : cela viendrait plus tard. Peut-être étions-nous encore trop remplies d'espérance, pas encore assez fracassées par la vie pour connaître l'humilité brutale que nécessite l'expérience d'aimer ?

Je te lirai quelques semaines plus tard dans *Elle*, saisissant, malgré mon peu d'oreille, cette musique dont les critiques parlaient lorsqu'ils évoquaient ton écriture : « On peut alors s'expliquer Venise comme une phtisique ivre de son dernier souffle, de son corps condamné, se jetant à la tête de ses touristes comme à celle de ses amoureux. » Ou encore : « Il faut se promener à pied donc, dans des ruelles étroites, tortueuses, encombrées de fruits, de miroirs et de fleurs. Les gens sourient et quand par hasard ils sont vénitiens, ils sont beaux. » Ou ici : « On retombe vite sur l'eau d'ailleurs, on passe des ponts de pierre étroits, on s'y accoude, pour assister aux démêlés d'un gondolier et d'une Américaine, ou pour regarder la mousse et les coquillages noirs sur la pierre. »

— C'est écrit un peu vite, je crois, bafouille Françoise.

— Non, c'est justement ce que l'on cherche : la vitesse, le mouvement.

— Tant mieux.

— Vous aimeriez recommencer ? J'ai d'autres destinations en tête.

— Pourquoi pas… Lesquelles ?

— Beyrouth, Jérusalem, Damas. Et même Bagdad, si vous voulez.

— Peggy, qu'en pensez-vous ?

— Bagdad, oui pourquoi pas, ça nous changera de New York.

Je t'ai regardé serrer ton sac. On sentait ton embarras manifeste. Non vraiment, Bagdad ce n'était pas une bonne idée.

5

1958

À la fin du mois d'août, pieds sur la chaise du Café des Arts à Saint-Tropez, Françoise croit apercevoir à quelques tables le profil acéré de Peggy Roche. Elle est posée de manière parfaitement gracieuse dans un cadre ressemblant à celui d'une photo, chapeau de paille à large bord, marinière à épaulettes, fume-cigarette. Devant elle, une bouteille de Cordon rouge est couchée dans un seau. La coïncidence est si étrange, si mystérieuse que Françoise croit à un mirage mais Peggy, la saluant de loin d'un hochement de tête, en confirme la réalité. Elle est accompagnée d'un jeune homme aux cheveux mi-longs et d'une femme blonde, probablement mannequin elle aussi.

Peggy sait que Françoise fréquente Saint-Tropez. Les journaux relatent ses moindres déplacements. Elle a posé ses montures sur la table en pliant les branches, sur le dos, afin que sa vue se trouble. « Peggy ? Tu es avec nous ? » demande son amie Denise

Sarrault, tapotant son bras. Dans son angle mort Peggy observe depuis longtemps Françoise parler avec des inconnus qui ignorent de toute évidence qui elle est. Françoise reste attentive à ses interlocuteurs malgré un état de conscience altéré – ce qui par ailleurs inspire à Peggy le plus grand respect, preuve irréfutable que son élégance est ancrée dans les abysses les plus enfouis de sa personnalité. Plus tard dans la nuit des gens se sont mis à danser en face, sur la place des Lices.

Après sa convalescence de Garches, quand Françoise et Guy ont emménagé dans leur duplex près de la tour Eiffel, Françoise n'arrivait plus à écrire. Guy chasse sur ses terres à Maisons-Laffitte ou monte à cheval. À la première représentation du *Rendez-vous manqué* au Théâtre des Champs-Élysées, il prétexte être souffrant. Ils se frôlent sans se voir, se croisent sans s'aimer. Dès qu'ils sont contraints à dîner ou à dormir ensemble, une exaspération se fait sentir dans chacune de leurs paroles, contaminant les murs, les meubles, l'atmosphère et tous leurs regards.

Pourtant Françoise aurait adoré devenir l'épouse modèle. S'effacer devant son mari, le servir sans s'avilir, fonder une famille, lui être dévouée. Mettre, le temps qu'il le faut, sa vie littéraire de côté pour valoriser la carrière de son mari. Arrêter de s'effrayer elle-même avec son goût pour l'outrance. Apprécier la tranquille organisation de la vie à deux, l'ordre sourd de l'intimité. Dire aux domestiques de faire les courses, de changer les draps, de ranger les placards, de ne pas acheter de faisselle mais du fromage blanc, de prendre du melon. Dresser pour eux deux, tous les jours, la liste des tâches à accomplir. Veiller à ce qu'il ne manque de rien. Veiller sur les autres. Penser aux autres. Donner. Se donner. Attendre sagement Guy en fin de journée, mains jointes sur une robe bien repassée.

Elle n'y arrive pas. Alors Françoise sort dans Paris à quinze heures, heure maudite, monte dans sa voiture, roule sans but vers Saint-Germain et se gare près d'un square. Elle marche dans la ville comme elle la connaît mal, dans la chaleur gluante de juillet. Paris de canicule. C'est l'envers de la fête, comme une boîte de nuit qu'on aurait éclairée subitement. Les poubelles, laissées à l'abandon, déversent leurs papiers d'emballage qui volent au-dessus des grilles d'aération. Elle avance dans la langueur, dans la saleté. La ville semble retenir une nausée qu'elle ne peut plus contenir. Chacun des interstices, chaque couloir d'air dégage des odeurs nauséabondes de ventre retourné. Le silence est introuvable. Partout il faut crier, partout il faut lutter pour se concentrer. L'énergie dilapidée entre mille autres sources de stimulation la fatigue et la déprime. Tous les plaisirs semblent amputés. La moindre conversation doit être rapide, pétillante, emportée pour être suivie mais elle ne doit surtout pas être profonde ou prolongée, au risque d'ennuyer des interlocuteurs lassés. Horreur soudaine du règne animal en ville (pigeons, rats, souris). Admission stricte de certains animaux (chiens, chats, lapins, poissons). Désir d'extermination systématique de tous les parasites. Dégoût pour la nature qui ne serait pas restreinte à un parc.

Françoise remonte le jardin du Luxembourg, retrouve sa voiture garée n'importe comment. Quand elle s'arrête, les gens la remarquent, la pointent du menton. Elle enfonce son pied sur l'accélérateur avec une seule idée : retrouver, au fond d'une trousse, sa réserve d'ampoules pour en tirer la précieuse sève. Arrivée au duplex elle monte à son bureau et glisse sa main derrière les livres de sa bibliothèque, en haut, en bas. Elle tâtonne dans les recoins, cherche longtemps et accroche enfin la matière, à la fois douce et rugueuse, du sachet de velours.

Cette piqûre est plus puissante que toutes les autres, plus intense que la première. Elle la soulage non seulement physiquement mais de l'intérieur, comme si ses angoisses s'évaporaient et faisaient surgir la beauté des choses, la beauté de l'eau, la beauté de la lumière, la beauté de l'espace, la beauté du silence, dévoilant enfin la splendeur des choses. Son corps se délie. Elle pourrait marcher en apesanteur et voler dans l'appartement, au-dessus de la ville. Il lui semble qu'elle peut saisir la vie, l'amour, la mort, et tous les mystères de l'existence avec une acuité nouvelle. L'écriture l'appelle à nouveau, elle veut retrouver sa liberté d'enfant et jouir de tous les paradoxes de l'amour.

Elle remplit deux sacs de vêtements et une valise de livres, redescend à sa voiture, jette ses affaires sur la plage arrière et fonce vers le Lutetia où elle demande la plus belle suite. Pendant un mois elle y invite des amis, certains la font voyager pendant des jours en restant dans sa chambre, commandant sans relâche des bouteilles de Taittinger. Il y a aussi quelques grossiers personnages. C'est le jeu. Elle fume du matin au soir, laisse ses vêtements s'accumuler sur les canapés, les fauteuils et le lit. Sagan semble habiter, dans cet hôtel immense, une sorte de navire puissant qui l'entraînerait loin. Il y a un mouvement de va-et-vient permanent dans son corps, dans la ville, comme si cette cosmogonie se répondait en toute logique, en toute ouverture. La vie se divise ainsi entre moments d'abandons suivis de replis, d'emprisonnements volontaires.

Au bout d'un long mois d'ermitage, Sagan se précipite au desk, demande la note, l'acquitte en espèces et sort du Lutetia d'un pas déterminé. Devant l'hôtel, dans une Jaguar X440 l'attendent son frère Jacques, Bernard Frank, Florence Malraux et Jacques Chazot. « On y va ? — Où ? — À Saint-Tropez. » C'est tout ce qu'elle dira pendant le trajet. Alors que ses mains se recroquevillent sur le volant, le son vrombissant du moteur finit de la ramener totalement à la vie.

La Ciotat-Bandol-Toulon-Hyères. Sur la route un panneau indique Saint-Tropez par le littoral. Partout le silence du Sud se charge de Rome et de mimosas. [illegible], crêtes plongées sous le soleil et les pins [illegible]ande rigueur rurale des plantations à côté [illegible]nce des plantes sauvages, des vignes et de leurs grappes, du lilas qui tombe sous son romarin qui pousse dans les rocailles, des c dans les champs, des roses trémières qui grimpent sur la moindre grange, des chênes dont l'ombre cache des trésors truffiers. L'aspect rectiligne de l'agriculture entourée d'un tel bordel : métaphore de ce pays schizophrène dont Françoise aime fréquenter les contours. Loin derrière les montagnes et les amandiers, Otto Preminger tourne *Bonjour tristesse.*

Arrivée à Saint-Tropez Françoise choisit une maison rue des Pêcheurs. Des tricoteuses et des marins s'habituent à voir sa mince silhouette flotter dans son pantalon de toile et sa chemise d'homme. Arrivée sur la place du Revelin avec Bernard et Florence, Françoise sent déjà l'iode et la pêche. Les pierres des maisons ont conservé leur humidité.

Toutes les heures le clocher résonne et vous rappelle au temps. Des odeurs de cuisine s'échappent des mas aux volets bleus et verts, on devine les pissaladières et les soupes au pistou frémissantes sur les cuisinières. Des dizaines de petites places derrière des rues dérobées vous invitent à vous cacher, on pourrait s'embrasser et personne ne le saurait. Le soir Françoise retrouve ses amis au bar de la Ponche dans l'euphorie du vin blanc. Sur les tables la mer déverse des assiettes de rascasse, de vive, de saint-pierre, de congre, de daurade, de merlan, de lotte de mer et de grondin. Des petites coupelles de rouille et de mayonnaise au safran finissent de parfaire, vu du ciel, ce festin comme un tableau.

Au milieu de l'été une jeune fille arrive au port par la mer. Elle est brune à la peau claire, porte une robe provençale et un petit sac. On ne l'a encore jamais vue à Saint-Tropez. Elle demande son chemin et remonte la rue des Pêcheurs. Elle frappe à la porte de la maison de Françoise qui ouvre. La jeune fille disparaît à l'intérieur et ne ressort que le lendemain. Elle restera avec Françoise jusqu'à la fin de l'été. Peggy les voit parfois marcher à La Moutte ou en ville, danser avec les amis de Françoise sur la plage des Murènes. La nuit Françoise se laisse entraîner, parmi les marins et les yé-yés, par le bras délicatement potelé de cette Nausicaa sans nom. Françoise ne reçoit aucune nouvelle de Guy Schoeller. Elle ne va jamais voir Peggy, en terrasse du Café des Arts.

Peggy perd sa trace. Au milieu de l'été, Françoise et sa troupe avaient quitté Saint-Tropez pour le Lot. En arrivant à Cajarc Françoise gare la décapotable dans l'allée, saisie par la beauté de sa maison d'enfance, au bout du sentier, cachée par des peupliers. Après quelques minutes de cette contemplation silencieuse Nausicaa-Paola se lève et sort de sa voiture. Françoise la regarde s'élancer vers la maison, sémillante silhouette faite pour être dévorée comme un fruit d'été. Cajarc c'est la maison de l'enfance, et tous les souvenirs qu'elle enferme. Bernard, Florence et Jacques jettent leurs valises dans leurs chambres, « Je prends la bleue ! — Et moi la verte ! — Jacques non, c'est moi la bleue ! ».

Paola est si fraîche, avec son visage pâle entouré de boucles brunes et ses taches de rousseur qui brunissent en été. « Tu veux voir la campagne ? » Oui, Paola veut voir la campagne, elle veut faire tout ce que Françoise exige et la voiture de Françoise recule dans l'allée devant ses amis, stupéfaits d'être abandonnés aussitôt arrivés. Elles roulent sans parler pendant vingt ou trente kilomètres. Françoise est fière de montrer à Paola le bonheur qu'elle tire des paysages, lorsqu'il lui faut se réfugier dans ses souvenirs. Oui elle veut montrer son enfance pour rencontrer celle de Paola. Elle pense que leur entente vient de là, de leur enfance, de cette toile de fond tendue derrière le film de la vie et qui déterminerait les inclinations, la sensibilité et la douceur. « Tout se passe comme si cette végétation étendait ses racines à l'infini », lui dit Françoise arrivée en haut d'une colline. Un nuage assombrit une ferme en contrebas. Il n'y aura pas d'autre salut que de vivre en littérature, dit Françoise. Le chemisier de Paola s'est soulevé sous la brise, découvrant son nombril, le bouton de son pantalon. Françoise peut deviner en un coup d'œil ses seins durs, sa bouche chaude. Elle aime les jambes de Paola lorsqu'elles se serrent autour de ses hanches, exigeant plus, et la main qu'elle va chercher. « Allez, on rentre. » En garant de nouveau sa voiture dans l'allée, elles entendent au loin le pop d'une bouteille de champagne puis la voix forte de Bernard qui s'est lancé dans un discours vaguement fascisant sur Drieu la Rochelle. Françoise ne voit plus Paola qui est sans doute montée dans sa chambre, invitation discrète.

— Vous n'avez pas envie d'aller en Normandie ? Paola m'a parlé du casino de Deauville. Florence ?

— Moui... Mais nous venons d'arriver, Françoise.

— Mais pas tout de suite ! L'été prochain !

— Ah si, moi je suis pour ! répond Bernard Frank. Qu'est-ce qu'on s'emmerde ici.

— Et si on ne rentrait plus jamais à Paris ? On fait le tour de la France.

— Florence tu en dis quoi ?

— Et en plus on bouffe mal, continua Bernard.

— Oh mais tais-toi vieille bique, dit Jacques Chazot en jetant son jeu de cartes.

— Allez, l'été prochain, nous irons en Normandie.

Grognement des uns, éclats de rire des autres. Pourquoi toujours changer ? Cajarc c'était une maison spacieuse, un peu vieillotte, pouvant accueillir un nombre fluctuant d'invités. Françoise dit tous les jours qu'elle se mettra à son roman mais il lui semble que la vie, dans cet été généreux, lui prend beaucoup trop de temps. Cette joyeuse troupe, qui s'engendre elle-même comme par génération spontanée, fait toujours apparaître un nouvel élément étonnant, reçu avec égards. Bernard Buffet est l'un d'eux. Il peint à l'encre, sur de grands canevas, des corps nus et décharnés, des visages lacérés de tristesse. Les bras de ses modèles ressemblent à des branches mortes et les corps à des forêts de montagne lorsque les troncs dépourvus de feuilles se détachent des paysages enneigés. Il montre à l'égard de Françoise une amitié de créateur, s'intéressant à tout ce qu'elle écrit, lisant tout, même les déchets, ce qu'elle estime « atroce ». « Et ça qu'est-ce que c'est ? » Buffet s'est invité dans sa chambre et regarde les carnets de Sagan disposés n'importe comment sur sa table. « Rien. Un journal, écrit à l'hôpital. — Je peux voir ? — Non, laissez. C'est très mauvais. — Le titre c'est ça ? *Toxique* ? — Peut-être. Pas sûr encore. — Je peux vous l'emprunter ? Je vous le redonnerai demain. » Il garde le manuscrit pendant de longues semaines. Elle ne peut rien refuser à Bernard Buffet dont elle aime de plus en plus les dessins de femmes avec des bas, les scènes érotiques pleines d'intensité et de désespoir. Il est très beau, boit beaucoup et n'a aucune espèce de prétention.

Les jours passent à Cajarc dans une temporalité cotonneuse. On s'y lève tard, on y mange du poulet froid et de la tarte aux pommes, Françoise n'ingurgitant pour sa part que d'importantes quantités de fromage blanc. L'apéritif commence vers dix-sept heures, à hautes doses de whisky. La troupe chérit un quotidien de retraités, tous étant particulièrement doués pour ne rien faire. Si Bernard Buffet ne l'y avait pas encouragée, Françoise n'aurait jamais fini ce roman triangulaire, mettant en scène Paula et Roger. Elle trouve le titre à la fin de l'été, *Aimez-vous Brahms...*

6

Quand je t'aperçois à Saint-Tropez en 1958, tu es métamorphosée. Tu sembles allégée par l'air des collines, la chaleur sèche des plages et les ciels hauts. Je te regarde en terrasse du Café des Arts sans rien dire ni sourire, comme des gens qui se connaîtraient depuis longtemps. Parfois je te verrai à la terrasse de La Ponche avec une femme brune qui te ressemble. La ville est petite mais tu sembles te cacher, sauf une nuit rue Tour-Vieille devant cette ouverture qui mène à la mer. Tu es avec la femme brune, j'entends un « Bonsoir » chuchoté, tu ne veux pas t'attarder. Tu marches vite, il est tard, nous distinguons à peine les visages, nous nous croisons comme des ombres. Mais ce qui constituera l'origine et la force de ce lien secret et qui s'établira, se confirmera avec le temps, repose probablement dans ce moment, ce premier moment d'une fausse coïncidence. Il y a eu un ancrage, comme si des pièces d'un mécanisme finissaient par trouver leur point d'attache. Cette nuit-là, rue Tour-Vieille, tu m'as regardée de biais, presque craintive, pour vérifier ce mirage dont on pouvait se demander s'il était l'effet de l'alcool ou d'autre chose. Tu m'as avoué des années plus tard avoir vu en mes traits le personnage d'Anne Larsen, mondaine de la mode que tu avais façonnée pour *Bonjour tristesse*. Qu'il t'avait semblé reconnaître cette femme et que s'était creusé là comme un petit trou dans la membrane de la fiction. L'esprit humain pouvait donc pressentir et forger un caractère de manière si précise qu'il finirait par se transsubstantier ? À moins que tu ne m'aies choisie pour cette correspondance ? Tu en es bien capable.

Je ne connaissais pas beaucoup de monde à Saint-Tropez, je m'étais retrouvée là presque malgré moi, en vacances avec Denise et Jacques D. Je me demandais : sais-tu qui je suis ? Connais-tu ma réputation, sérieuse, de rédactrice de mode et de mannequin ? Te rappelais-tu de moi, dans le bureau de Lazareff, quelques années plus tôt ? J'avais cette impression stupide des écrivains qui seraient comme clairvoyants.

En nous retrouvant là, en te voyant avec cette femme (j'apprendrai son nom plus tard, Paola), je découvrais le vrai secret, celui que tu enfouissais dans les épaisseurs de tes romans à tiroirs. La facilité avec laquelle tu entraînais Paola, sa docilité, son visage marmoréen, vos pas savamment emboîtés – tout ceci me ravissait et me blessait d'une étrange manière. Tu dirigeais la danse, sans hésiter, avec les yeux d'un homme. Ce travestissement était spectaculaire ; avec elle tu étais devenue une cavalière confiante, un playboy sûr de tes mouvements, de ton emprise. Le plus difficile à supporter était votre évidente compatibilité de corps. Je ne pouvais m'empêcher de détecter cette sensualité manifeste.

Je suis quelque part parmi la longue liste de tes amours. Nous aimerons parfois les mêmes, planètes attentives évoluant autour des mêmes signaux. Quand, dans les années qui suivraient, j'apprendrais qu'une fille avait été touchée par toi, elle en deviendrait comme envoûtée.

Il y a quelque chose qu'on oublie vite, avec les années, avec les disputes et les déceptions, avec ce que l'on préfère ne pas voir : c'est l'énergie initiale qui nous fait nous arrêter sur quelqu'un. Avec le temps vient ce désir que les choses durent, qu'elles se prolongent. Que les journées passées ensemble à répéter inlassablement les mêmes cycles, réveil/vie éveillée/sommeil, ne soient pas une lente dégradation de l'euphorie originelle mais tout le contraire, une manière de se hisser, sans se mentir ni se trahir – chacun s'enrichissant au fil du temps de cette mise en commun de savoirs pour traverser la vie, s'épauler mais aussi s'applaudir. Que la félicité des premiers instants n'est rien par rapport à la force irremplaçable d'un couple vieux, qui s'est vu plus d'une fois marcher dans la laideur, montrant le plus décevant et parvenant à s'étonner encore par des sources cachées, et susciter à nouveau l'envie inexplicable de recommencer. Recommencer : retrouvailles sereines après une journée, une semaine d'absence, reconquérir un pays que l'on aime. Recommencer :

dîner en tête à tête et sans façon des restes de la veille, raconter les souvenirs du jour et ceux, plus profonds, que ces anecdotes anodines appellent. Recommencer : l'étreinte, dans les bras, jambes ouvertes, sexe offert, caressé devant les yeux de l'aimée, démontrant sa puissance. Recommencer : se dire vingt fois par jour que l'on s'aime sans se le dire, renouveler son écoute attentive. Comment continuer à aimer un corps vieillissant qui nous rappelle notre propre finitude ? Est-ce que quelque chose a vraiment changé entre nous depuis vingt ans ?

Cela se mesure surtout en termes de peau, de temps passé avec la peau, de temps consacré au temps, à la vie allongée, au visage, aux yeux qui se dédoublent. Il arrive même, rarement, que le corps de l'autre devienne le prolongement de ses propres membres. Parfois lorsque nous dormons ici, dans notre chambre de la rue du Cherche-Midi, en étendant le bras je ne me rends plus compte des limites de mon corps ni du commencement du tien.

Si je m'approche bien de toi, il m'arrive de me voir au travers de tes yeux, ceux qui ont tout vu. Les paysages. Les forêts. Les corps. La fuite. La peur. La beauté. Quelque chose se substitue au point de vue initial. J'imagine ce que c'est que de me mouvoir en devenant toi, retroussant ta peau sur mes bras comme des manches. Je bouge avec des mesures de corps différentes, de plus petites jambes, des cheveux dorés et souples. Je baisse les yeux et c'est ton corps que je vois, couvert de tes habits. Je me déguise en toi. Une fois que je suis pleinement plongée dans ton enveloppe, je peux presque voir comme tu vois, au travers de tes cils, tes paupières et l'ossature de ton visage. J'analyse le monde avec tes souvenirs et ta manière d'habiter la vie. Je suis traversée par tes pensées obsédantes. Le plus troublant est de me voir moi-même, assise là sur le canapé vert, jambes repliées sous les fesses, enroulée dans un gilet. On distingue parfaitement les yeux noirs, les cheveux noirs, la bouche fermée et rouge, les lunettes rouges, et je me vois t'aimer. Cette impression ne dure pas, car si tu avances la main vers moi je sursaute ; il y a une impossibilité à être toi et à être touchée par toi, comme dans un rêve où l'on comprend son état de rêveur – incompatibilité de conscience entraînant rapidement l'éveil.

Souvent, lorsque nous marchons côte à côte, vers les lieux de nuit qui ne nous quittent jamais, ton flanc, ton bras, ta main me frôlent. Nous partageons à tout moment, dès l'instant où nous nous confrontons au monde, un secret qu'il nous faut remettre en scène. Lorsque tu apparais dans les restaurants ou dans les casinos, c'est toujours au bras de Bernard Frank ou de Chazot, ton ami danseur. Je n'ai jamais vu Chazot habillé autrement qu'en cravate, je pense qu'il dort en costume. Souvent le directeur vient dans les salles pour te saluer alors que tu es affairée à la roulette, jetant l'argent sur les tables et repassant ensuite pour constater les dégâts. Tu brilles loin de moi dans des robes noires, des colliers de perles ras du cou. On te remarque de loin, « C'est Sagan, regarde ! ». Mais c'est encore vers mon dos que tu te tournes, la nuit, disant que tu aimes, dans une étrange formule, cette odeur de maison.

7

1985

À l'hôpital militaire Peggy tourne autour du lit de Françoise, s'assoit sur la chaise, regarde par la fenêtre, caresse son visage, humecte ses lèvres d'eau. On vient de retirer le tube dans sa bouche. C'est une Françoise de conte, celui des princesses qui attendent un baiser pour se réveiller. Au fil des jours Françoise remonte doucement des profondeurs. Peggy lui parle de choses et d'autres, de la collection qu'elle n'en finit plus d'imaginer, de la vie au journal, des gens croisés dans la nuit. Elle dit aussi que les rideaux sont affreux, comparant la chambre à celle d'un précepteur de province. Enfin elle fixe le sol, longtemps, concluant son monologue par : comment vous sentez-vous ?

Et pour la première fois depuis des jours, Françoise répond d'une petite voix. Un filet de sons qui se transforment doucement en mots. Quand Françoise ouvre les yeux, ce qu'elle voit est du registre de l'éblouissement, un éblouissement d'autant plus extraordinaire qu'il est familier. Elle voit Peggy dans son pantalon à pont avec un chemisier blanc un peu ouvert. Quand elle se penche Françoise aperçoit son soutien-gorge en dentelle grise. Chacun de ses mouvements s'accompagne d'un parfum d'ambre et d'or. À son poignet un bracelet à chaînons laisse passer sa main fine ; une bague massive, ciselée de rainures, serre son auriculaire. Sa peau est bronzée, et ses lèvres toujours impeccablement maquillées d'un trait rouge sang. Peggy sursaute, elle dit : « Bonjour ! Françoise ! » et Françoise se laisse dévorer par son regard noir, capable d'aimer et de haïr dans un même battement. Peggy rit, son rire rauque et profond la précède comme un page. Joie infinie, brûlante, de la savoir là, sensation retrouvée d'une maison que l'on aurait habitée longtemps.

Après la visite des médecins Peggy s'est dirigée vers le vase pour réorganiser le bouquet qu'elle avait apporté, des lys blancs magnifiques qui prennent tout l'espace. Elle a cassé les feuilles sur la tige et le bouquet s'en est trouvé comme immédiatement harmonieux. Elle a montré à Françoise, une fois, comment un ourlet plié trop haut ou une manche coupée à la juste longueur peut incarner l'essence du chic : une équation difficile entre la justesse et l'audace. « Vous êtes là. Je suis là. » Que dire de plus ?

Peggy ne lui cache pas son inquiétude. Elle ne sait pas si Françoise va s'en sortir, ou en tout cas pas si vite, ni si bien, ni si facilement. La dépendance est profonde et les séquelles inconnues.

Au fil des jours, le temps de sa présence, la douleur qui était si vive dans ses membres, dans chacun de ses organes, dans chacun de ses os et même dans ses cheveux s'en trouve résorbée. « Elle est réveillée. Elle est vivante. » Peggy se répète cela sur le chemin de l'hôpital au matin et en rentrant le soir. Elle pense à Françoise, si pâle dans ses robes d'hôpital. Après quelques jours elle est arrivée avec une grande trousse et une petite valise. « Je peux vous recoiffer ? Là ça ne va pas du tout. » Peggy a avancé ses beaux doigts maigres vers sa tête puis a démêlé les boucles, lissant l'épi sur le haut du crâne, coiffant proprement les mèches derrière les oreilles. « Avec un joli rouge à lèvres, vous serez parfaite. » Peggy a ouvert son grand sac noir en cuir verni avec un fermoir en or, des points d'or qui se croisaient en faisant clac. Elle a cherché quelque chose, a sorti un tube de rouge à lèvres Jean Patou. Sagan a eu un rire gêné mais cela semblait faire tellement plaisir à Peggy, « Laissez-moi faire ». Sagan a obéi en tirant ses lèvres vers l'avant. Elle a glissé le rouge sur ses lèvres entrouvertes puis a roulé le bâton sur son index en faisant des petits cercles avant de tamponner ses joues. « Voilà, vous voulez vous voir ? Vous êtes transformée », et elle a sorti un miroir de son sac. Dans cette glace Françoise se voit pour la première fois depuis des jours. Elle note : des cernes, l'œil livide, les joues creuses, les cheveux ternes, la peau tirée. Mais elle remarque aussi les efforts de Peggy, et cela la touche.

— J'ai acheté une robe pour vous.

— Faites voir ?

— Je la gardais pour votre jour de sortie.

— Non, tout de suite !

— D'accord. Regardez : grise. Magnifique. En jersey. Vous aimez ?

— C'est une robe de bal ?

— Mais non ! C'est flamboyant, c'est tout. Avec un sac, cela fera simplement habillé.

— Vous me voyez mettre une robe de bal ? Ici ?

— Vous voulez l'essayer ?

— Peggy, je ne tiens pas debout.

— Mais arrêtez de vous lamenter.

— Je n'arrive même pas à écrire.

— Vous dites toujours la même chose.

— Cette fois c'est vrai.

— Bon. Je dépose la robe, là, sur la chaise. Vous la mettrez demain, ou le jour où vous sortirez, cela vous fera une belle tenue de fête. D'accord ? Oui vraiment ce rouge, c'est délicieux sur votre visage.

Peggy a prononcé le mot *délicieux*, associé à la bouche, et Françoise pense : ai-je une bouche délicieuse ? Suis-je délicieuse ?

— Vous appellerez ? Vous n'oubliez pas ? Restez encore un petit peu. S'il vous plaît Peggy.

— Oui, oui. Je reviendrai demain. Avec une petite surprise.

Les pas ont résonné sur le carrelage, Françoise pouvait reconnaître à des kilomètres la démarche volontaire de Peggy Roche. Elle aurait voulu prendre le taxi avec elle pour aller chez Castel mais Françoise n'entend que la portière claquer en bas, puis des roues qui crissent dans les cailloux.

8

— Regardez ce qu'il y a dans mon sac...

— Oh ! Vous l'avez caché ?

— C'est Banco ! Le fils de Lulu !

— Qu'il est beau !

— On le garde ? Vous voulez ?

— Oui ! Et les autres ?

— Je les ai confiés à Mme Bartoli qui s'en occupe.

— Il faudra les donner ?

— Oui.

— Oh non !

— Banco ! Ça suffit !

— Il y en a au moins un qui est heureux d'être là. Il jappe beaucoup ?

— Non ça va.

— On m'a annoncé ce matin que j'allais pouvoir partir d'ici à la fin de la semaine si j'arrive à dormir. Naturellement.

— C'est-à-dire ? Naturellement ?

— Sans anxiolytiques.

— Je vois. Votre père est venu ?

— Oui ce matin. Il n'est pas très en forme lui non plus. En tout cas j'ai eu droit à des commentaires.

— Il a eu peur, comme nous tous.

— J'ai honte.

— Vous dites ça à cause de Mitterrand ? C'est déjà pardonné, vous le savez bien.

— Quand même.

— Comment avance votre manuscrit ?

— Je ne sais pas.

— Vous êtes fatiguée.

— J'écris dans ma tête.

— C'est un début.

— Je pense vraiment commencer ce roman sur la guerre et l'amour, le nazisme, la collaboration. Sur fond d'histoire du cinéma.

— Je vois.

— Il y aurait un personnage d'homme qui aimerait à la fois les hommes et les femmes.

— Comme dans *Des yeux de soie* ?

— Oui, mais cette fois il n'y aurait pas de découverte malheureuse, pas de jalousie. Il aime l'amour, il ne choisit pas le corps dans lequel cela s'incarne.

— Je vois.

— Je vous ennuie ?

— Non.

— Peggy… Dites-moi.

— Rien. J'ai fait une erreur aujourd'hui. Je ne sais pas ce qui m'arrive.

— Une erreur de quoi ?

— J'étais sûre d'avoir commandé qu'un seul rouleau et on m'en a livré dix-huit !

— Dix-huit ? De quelle matière ?

— Des soies lyonnaises. Magnifiques. Bianchini-Férier.

— Il vous en fallait combien ?

— Un seul. Pourtant ma signature était sur les bons. C'est embarrassant. Je ne sais pas ce qui s'est passé.

— Et alors quoi ?

— Il faut les régler.

— Eh bien, je les réglerai.

— Nous n'avons plus d'argent.

— On verra.

— Les livreurs sont restés pendant une heure dans le salon. Je ne savais pas quoi leur dire.

— Une heure ? Les pauvres.

— Je leur ai servi des rafraîchissements. Ils ont laissé les rouleaux dans l'entrée.

— Ils étaient sympathiques ?

— Ah oui, très.

— Et sinon rien d'autre ?

— Non, tout va bien. Vous savez ce qu'on raconte dans les journaux ? Qu'à Bogota vous auriez souffert d'un mal de l'altitude.

— Qu'est-ce que c'est ?

— En gros, parce que vous êtes fragile, vous ne supporteriez pas l'air des montagnes.

— Mais personne ne croira ça.

— Non, en effet.

— Qu'est-ce que c'est, le mal de l'altitude ?

— Je ne sais pas, la montagne qui donnerait des vertiges.

— Comme un coma ? Pendant plusieurs jours ?

— Oui. Non. Personne n'a posé de question précise.

— Mais qui a dit ça ?

— Des annonces très officielles, un ministre et un médecin, à la télévision.

— C'est pire que tout.

— C'est mieux comme cela.

— Faites attention à vous, Peggy.

— Mais pourquoi ? Vous vous doutez bien que je n'ai pas cru une seule seconde à ces histoires de mal de l'altitude.

— Je sais bien, je sais bien.

9

1947

La Villa est un manoir en pierre jaune, protégé par des grilles hautes surmontées de flèches. Il faut quitter la ville pour s'y enfoncer, entrer dans cette enclave de campagne avec l'odeur des fleurs fanées. Nous sommes debout avec maman dans le salon de la Villa. Des trophées de chasse sont accrochés çà et là. Il y a aussi des cors, des fusils, des assiettes en argent gravé, des plumes d'oie, des crânes d'animaux, des renards naturalisés et des insectes exotiques qui sont épinglés dans des boîtes. Toutes les fenêtres de la Villa sont occultées par des rideaux en velours attachés par des embrasses pompons.

Pour la première fois je ne retourne pas en classe l'après-midi. C'est presque la fin de l'année scolaire. Je ne sais pas encore qu'il s'agit du dernier jour de toute ma scolarité. Ma mère s'effondre sur un fauteuil et pleure. Je remarque son rouge à lèvres très rouge, posé comme une blessure horizontale au milieu du visage, une cicatrice qui ne se serait pas fermée. Elle essuie ses larmes avec sa main. Je ne sais pas quoi faire. Lucien Moussaud vient de quitter la Villa, il a prononcé cette phrase avant de claquer la porte, « Tu n'es qu'une *show-girl* », puis il est sorti, a détaché les chevaux, les a fait monter dans la camionnette. Tu m'as annoncé il n'y a pas si longtemps, Françoise, que tu avais acheté un cheval et j'ai été horrifiée par le piège de la vie qui vous rattrape avec une ironie méchante.

La vie était toujours silencieuse à la Villa. Je crois qu'on a bu de l'alcool ensemble pour la première fois avec ma mère. À cet instant je n'étais déjà plus sa fille. Je commence à sortir un peu la nuit, je quitte la Villa pour respirer l'oxygène existentialiste de Saint-Germain-des-Prés mais je me sens loin. J'avance dans une solitude inédite. Il n'y a plus tellement de socle qui me retient aux choses, à l'idée d'un parcours qui vous oriente pour le reste de la vie. Les étudiants révisent au parc, sirotent des bières dans les cafés, vont danser le soir. Je n'ai aucun projet. J'envie leur tranquille insouciance.

J'ai le sentiment que mon existence n'inquiète personne. *Show-girl* ? Mais où ? Je n'imagine pas ma mère, chignon serré et jupes sous le genou gagner sa vie dans les cabarets. J'observe les autres discuter et flirter, entrer accompagnés au Petit Saint-Benoît. J'aimerais être parmi eux.

Heureusement il y a les boîtes de Saint-Germain où on peut se terrer, il paraît que tu y allais aussi, je ne pense pas t'y avoir vue. Loin de la Villa je découvre la vie dans le noir et la fumée des caves, il y a une telle chaleur et de la beauté partout, on ne peut pas être malheureux en écoutant du jazz. L'hiver qui suit est terrible. La lumière blanche de Paris, celle qui absorbe les couleurs, et la froide humidité de janvier nous étreignent. Un soir où nous avons une panne d'électricité, ma mère me dit qu'il fait aussi froid que l'année où je suis née, une vague de froid terrible où des femmes sont retrouvées mortes dans leur lit. Elle monte se coucher après cette déclaration et j'ai peur, dans les nuits qui suivent, de mourir moi aussi dans mon lit. C'est un hiver comme un cauchemar, dont le froid de cloître vous transperce le cœur. Nous tournons elle et moi dans la Villa sans nous croiser. La plupart du temps je ne sais pas ce qu'elle fait. Ma mère ne s'est pas mariée tout de suite avec Lucien Moussaud, l'homme aux chevaux. Peut-être reviendra-t-il pour nous chasser de chez lui avec ses cors et ses fusils ?

Je retourne tous les jours marcher à Saint-Germain-des-Prés, j'entre parfois dans le hall de la Sorbonne pour me réchauffer et faire semblant d'attendre, faire semblant. Un après-midi de mars je vois à l'angle de la rue Monsieur-le-Prince et du boulevard Saint-Michel un jeune homme imberbe fumer à la terrasse de chez Pam-Pam. Je serais prête à n'importe quelle bohème. Je m'assois près de lui. Je suis plus hardie que d'habitude, j'ai confiance dans la robe et le manteau gris, les gants en daim que je pose sur la table. Le jeune homme m'aborde tout de suite, je décide de l'appeler Monsieur-le-Prince et il est d'accord. Il a les cheveux bruns et de belles manières, des yeux verts et la voix douce. Il me dit qu'il étudie le droit mais qu'il pense arrêter pour se consacrer au mannequinat. Il me demande si je veux faire mannequin comme lui. Je ris. Nous fumons l'un devant l'autre en nous regardant sous l'auvent de chez Pam-Pam. Il fait froid. Nous rentrons boire du vin blanc. Nous nous retrouvons le lendemain au Mahieu pour boire encore, de plus en plus. J'aime la compagnie de Monsieur-le-Prince. Il parle sans cesse et cela me convient, je ne saurais pas quoi lui dire. Un soir il me raccompagne au métro Saint-Michel, ses bras me serrent fort malgré ses muscles inexistants. Il a des grains de beauté sur les joues.

Lorsqu'il découvre la Villa il est ébloui. Ma mère le salue avec indifférence. Monsieur-le-Prince est étonné par ce qu'il appelle poliment sa permissivité. Je cache mon chagrin comme je peux, j'ai honte de cette famille qui n'en est plus une. Monsieur me demande si je peux emprunter une des voitures de Lucien Moussaud, je n'en ai aucune idée. Ma mère s'est couchée. Nous roulons la nuit dans Paris complètement ivres. J'ai l'impression que tout ce que fait Monsieur-le-Prince est éternel. Le lendemain je le retrouve au Bon Marché, il me demande d'apporter le chéquier de Lucien Moussaud pour s'acheter du parfum. Je me dis que Moussaud ne se rendra compte de rien. Nous achetons le parfum.

Monsieur-le-Prince est mon seul ami, le premier. En juillet nous nous baignons dans la Seine, au pont du Carrousel. Pour une fois je l'impressionne, il ne peut pas suivre. J'ai mis un maillot rouge deux pièces. Il me regarde avec gourmandise sortir et rentrer dans l'eau. Quand Monsieur n'est plus là ma chambre conserve son parfum, celui du Bon Marché. Je lui dis que je n'ai jamais aimé l'école, que je n'ai jamais été douée. Il est persuadé que je pourrais gagner ma vie comme mannequin, insiste, revient plusieurs fois sur cette idée. Il finit par me proposer d'aller voir Jacques Heim qu'il connaît personnellement. Je réfléchis pendant des jours, profite d'une rare sortie de ma mère pour ouvrir son dressing. Je ne sais pas encore très bien me déguiser pour m'arranger avec la vie. J'hésite entre une robe chemisier en lainage shetland et une robe de crêpe bleue de chez Pauline Trigère. J'opte pour la deuxième, sa souplesse flexueuse m'affine.

Monsieur me dépose chez Jacques Heim avec la voiture de Lucien Moussaud. Il m'attend dehors tandis que je me présente à l'accueil. On me demande de patienter. Je fume trois cigarettes en jetant un œil dehors. Entre-temps une silhouette d'homme aux lunettes rondes se découpe dans l'entrée, il me regarde, disparaît. J'ai peur que Monsieur s'en aille, déjà avec la voiture, mais aussi qu'il s'en aille tout court. J'ai toujours l'impression que les gens sont dans un entre-deux, qu'ils restent à l'entrée de ma vie avec une main sur la porte. La secrétaire revient me voir, elle dit que Jacques Heim est d'accord mais me demande de repasser plus tard dans la semaine, ce que je fais. Monsieur est fou de joie, heureux pour moi, pour nous. Je suis enorgueillie de ce bonheur incroyable. Nous dînons à la Coupole. Nous descendons au dancing et je me saoule au champagne. Monsieur revient vers moi avec trois verres et me présente une fille qu'il connaît, je n'entends pas son prénom, un nom qui se termine en i, seulement qu'elle étudie avec lui à la faculté de droit.

En septembre Monsieur-le-Prince ne revient plus à la Villa, je vais au cinéma et je travaille pour Jacques Heim. Les étudiants ont repris leurs cours et je ne suis pas avec eux. J'ai dix-sept ans et je veux retrouver l'été avec mon premier amour. J'ai toujours cette impression qui ne me quitte pas, celle que la guerre peut revenir à tout moment, que nous ne sommes jamais à l'abri. Je ne comprends pas la douceur, tout le monde semble avoir oublié. Il y a ceux qui ont eu des destins tragiques ou héroïques et j'ai le sentiment que pour moi il n'y a rien eu, rien d'autre que des années ratées et la vie silencieuse qui reprendra éternellement son cours, avec le retour plus ou moins régulier des chevaux.

À dix-huit ans j'ai encore confiance dans le miracle des choses, le miracle de la vie, la rencontre qui vous entraîne. J'attends longtemps que Monsieur-le-Prince revienne puis j'abandonne. J'oublie. Je pardonne. Je retourne au pont du Carrousel où chaque pierre contient son souvenir. J'espère plus d'une fois entrevoir sa silhouette sur les berges mais il n'y est pas. Les jours passent. Je nage de plus en plus vite, l'eau est glacée. Je pense vaguement au suicide. C'est l'eau qui me sauve.

Il y a un homme sur les quais en uniforme militaire avec un visage poupin, le contraste m'amuse. Il marche, cherche son sujet, s'assoit sur un banc, fait dos à la Seine et porte à son cou un appareil photo qu'il colle continuellement à son œil. Je sors de l'eau et clac, photo. Au début je m'offusque mais c'est lui qui m'insulte. Sa rudesse me foudroie. Nous nous affrontons, moi debout en maillot trempé, lui habillé avec son appareil braqué à la hauteur de ma poitrine. Il est près de moi, beaucoup trop près, dans un jeu avec la distance qui frôle l'impudeur. Il ne voit pas le problème. « J'aime les jolies choses, je les prends », me dit-il le plus sérieusement du monde. Il me tend la main, « Jacques Curtis. » Je sèche mes cheveux, fouille dans mon sac pour trouver un pull et clac. Deuxième photo. Ma minauderie l'exaspère, je le traite de mufle, il me répond par un clin d'œil. Nous passons encore un moment à nous disputer. J'exige qu'il me donne les films. Il a des yeux bleus voilés et, de manière tout à fait contradictoire, une attitude de chasseur d'élite, tendu et rapide. Il se dégage de Jacques Curtis une solidité extraordinaire de celui qui en a vu d'autres, des femmes et des horreurs. Il reste inexpressif devant mon désarroi, attend que je m'habille, m'invite à boire un verre que je refuse. « Les jeunes filles qui se baignent dans la Seine en milieu de semaine ont-elles vraiment autre chose à faire ? » Maintenant je le déteste. Clac. Troisième photo. Cette fois je hurle. J'ai faim, j'ai froid, et Jacques Curtis me fait un peu peur. Je lui demande d'attendre là, je pense me sauver en lui disant que je dois rentrer pour me changer mais il répond : « Pas la peine. » Il exige déjà, à la seconde où je le rencontre, que je me comporte exactement à la hauteur de ses désirs. Comment expliquer que je m'y plie ? Je passe le reste de la matinée avec mon maillot humide. Les marques s'impriment sous ma robe bleue. Jacques Curtis regarde le tableau, satisfait du résultat. Yeux bleus sur la robe bleue. Clac.

Il revient tous les jours au pont du Carrousel et me trouve. Il me montre les tirages pris la semaine précédente, « j'aime bien celle-ci ». Son doigt s'attarde sur la photo, glisse sur l'image de mon visage. Je fais semblant de ne pas comprendre. Il est midi, il veut manger, nous allons au Flore, Jacques Curtis tient mon vélo, je marche à ses côtés sur les trottoirs étroits. Je suis fière d'être près de lui, j'espère que les passants s'imaginent que nous sommes un couple. Avec Jacques je me sens libérée de la Villa. Il commande des bières et des harengs-pommes. Son intensité est toujours tangible, il a l'air concentré, chaque sujet semble sérieux alors que j'ai juste envie de flirter. « Où vivez-vous ? — Loin, avec ma mère. — Vous n'aimez pas en parler. — Non. — Et vous, Peggy ? Où étiez-vous pendant toutes ces années ? » Je ne sais pas comment parler de la vie d'avant. Quand il a entendu l'appel du 18 juin Jacques a rejoint le général de Gaulle à Londres et a créé le service cinématographique de la France libre. Il a voyagé partout, Alger, Beyrouth. Jacques Curtis avait décidé de combattre sous l'uniforme britannique mais il a été arrêté entre-temps à Saint-Jean-de-Luz, enfermé au fort de Socoa. Il s'est évadé, a rencontré des soldats français avec qui il est parti en chalutier. Avec ses camarades ils naviguent à vue, accostent à Lisbonne puis se rendent au consulat britannique et embarquent de nuit sur un bateau pour l'Angleterre. À Londres il rejoint le quartier restreint de De Gaulle et s'engage.

Son récit est calme, ponctué d'anecdotes militaires. Il me photographie plusieurs fois alors que je l'écoute, coudes sur la table, mains sur les joues. Il me demande de tourner la tête, de ne pas sourire, d'étendre le bras et je sais tellement ce qu'il veut que je lui donne et nos premières étreintes se font probablement ainsi, par le biais de la pellicule.

— Pourquoi la France ?

— Parce que j'aime la France.

Jacques Curtis a travaillé pour Kodak et maîtrise l'image, c'est surtout le témoignage qui l'intéresse, il pense tout le temps aux récits futurs, à l'idée des souvenirs que l'on se fabrique au temps présent, mais quels souvenirs ? Les photos peuvent-elles être autre chose que sentimentales ?

— Mais nous avions très peur.

— Qui est-ce *nous* ?

Jacques filme les Forces françaises libres à Bir Hakeim en mai et en juin 1942. Clac. Filme aussi l'aide française dans le désert syrien. Voyage à Madagascar, à La Réunion, en Russie. Clac. Clac. Je redemande : « Pourquoi un tel engagement ? » Il répond : « Il faut se battre. Vous devez vous battre, vous aussi. — Et maintenant ? — Maintenant je suis à Paris, et je m'intéresse à Peggy Roche. » J'aime qu'il m'appelle par mon nom et mon prénom. Je sais qu'il tombe amoureux, que Jacques Curtis se fait prendre à son jeu. Je rougis, je ne comprends pas qu'il ne soit pas intéressé par une intellectuelle, une figure de la Résistance, une femme plus forte que moi.

— Venez me voir demain sur les Champs-Élysées, je travaille dans les laboratoires du service cinématographique des armées.

— Vous ne vous ennuyez pas dans ce travail ?

— Si, beaucoup.

— Vous n'avez pas envie de voyager de nouveau ?

— On m'a offert un poste chez Gaumont.

— Vous avez envie d'accepter ?

— Non. J'aimerais travailler au service cinéma du plan Marshall. Et vous ?

— Quoi ?

— Que ferez-vous, après ? Vous ne le savez pas encore peut-être.

— Non.

— Pourquoi vous faites cette tête, mon petit ? Ce n'est pas une accusation.

Les procès tombent ici et là, on commence à déterminer qui sont les bourreaux et les complices des bourreaux. Quand il s'arrête de parler c'est la nuit. Je réaliserai, bien plus tard, que Jacques Curtis ne se confiait jamais comme il l'avait fait ce jour-là avec moi. Nous nous revoyons souvent, les photos du café sont très belles, il m'embrasse une première fois le jour de mon anniversaire près du gros poêle du Flore. Nous allons dans des caves écouter du jazz, je fais enfin partie de cette foule que j'enviais, avant, insouciante et heureuse, et donnant l'apparence du bonheur.

Nous nous marions en avril 1948. Je signe les contrats de mariage P. Roche de manière très inclinée, vers le haut. Je souligne mon nom d'un trait que je boucle au milieu, comme un ruban, avant de me rappeler que je m'appelle désormais Peggy Curtis, est-ce qu'il aurait fallu signer Peggy Curtis ? Mais il est trop tard, l'encre de la signature s'imprègne déjà dans le bouffant. Nous emménageons le lendemain dans un petit deux-pièces de la rue Massenet et cet espace minuscule est plus grand que toutes les villas de Lucien Moussaud réunies.

Pendant des années Jacques Curtis parcourra l'Europe pour filmer et photographier les villes qui se reconstruisent. Je ne sais pas toujours où il se trouve. Royaume-Uni ? Pays-Bas ? Italie ? Grèce ? Autriche ? Belgique ? Dans un village, quelque part en France ? Lorsqu'il rentre il me montre les images. Des centaines de villages en ruine se retrouvent sur les murs de notre appartement qui se transforme en caverne d'apocalypse. Nous parlons d'enfants, il en voudrait tout de suite puis repart en voyage pour des durées indéterminées. J'ai peur tous les mois. Je lui cache deux ou trois séjours à l'hôpital. Des amies racontent qu'elles se sont promenées avec des sondes en espérant ne pas finir noyées dans une hémorragie. On s'échange les bonnes adresses avec les filles de Givenchy, faiseuses d'anges, médecins compréhensifs. Telle femme serait particulièrement douée mais chère, telle autre aurait laissé mourir une jeune fille dans son sang, celui-ci propose des médicaments qui éviteraient l'avortement… Quand Jacques rentre je sens que lui aussi me cache des choses, des femmes ou son chagrin, l'épuisement peut-être de la guerre qui pour lui n'en finit jamais.

10

— Parfois j'ai l'impression que nous sommes sur écoute.

— Comment ça ? Ici ? À l'hôpital ?

— Non, rue du Cherche-Midi.

— Mais n'importe quoi.

— Vous savez qu'il y a eu une grande enquête à Lyon, pour un trafic de stupéfiants.

— Et ?

— Je suis sûre qu'on nous écoute, même ici.

— Ils ont d'autres chats à fouetter.

— Mais moi je suis un sacré chat.

— Qu'est-ce qui vous fait croire cela ?

— J'ai appris avant de partir qu'un des trafiquants avait été écroué.

— Vous achetez directement aux dealers ?

— Cela m'arrive.

— Vous les réglez comment ?

— En chèque. Parfois.

— C'est une plaisanterie ?

— Il ne va rien m'arriver, Peggy ?

— Mais je n'en sais rien ! Vous vous mesurez aux petits voyous et vous le faites avec autant d'amateurisme ?

— Mais ce ne sont pas de grands montants.

— Peu importe !

— J'ai peur qu'ils me livrent comme l'une de leurs clientes, ou de me retrouver dans un carnet d'adresses ou un cahier de comptabilité…

— Avant d'en arriver là, on recevra sans doute un bon petit courrier de rançon.

— Je ne me sens pas vraiment en danger.

— Même si cela arrivait, vous ne seriez pas la seule à être accusée. Le Tout-Paris se dope.

— Voilà. Mais il y a une autre enquête qui m'inquiète aussi.

— Laquelle ? Pourquoi je ne suis pas au courant de tout cela ?

— C'est un ancien de la French Connection. Il a organisé une filière à partir de Bangkok pour le transport de l'héroïne.

— Et en quoi ça nous concerne ?

— Peggy…

— Et maintenant on fait quoi ? Vous le faites exprès ? Qu'est-ce que je peux faire, moi ? Rien. Je ne peux rien faire. Je n'en peux plus de vos bêtises. C'est insupportable.

— Ne vous fâchez pas.

— Je suis épuisée.

— Il ne faut parler de cela à personne. Et limitez les conversations téléphoniques, les soirées à la maison… Jacques est toujours là ?

— Oui oui, il dort à la maison.

— Dites-lui de ne plus téléphoner depuis la maison.

— Pourquoi ?

— Parce que.

— Vous pensez vraiment que nous sommes surveillées ?

— Tout est possible.

— Je vous sens amusée ?

— Assez.

11

1985

La nuit de Françoise a été lente et longue et chaude. La fièvre a mouillé les draps. Le cathéter dans son bras lui rappelle toutes les autres, les seringues longues, plates, lourdes, en verre, avec les ampoules que l'on pique et que l'on aspire, cachées dans leur trousse de velours. Celles que Françoise gardera longtemps et qu'elle sortira avec empressement dans les toilettes des restaurants ou à la station-service pour ressusciter après quelques heures de route dans la Ferrari California. Quand le manque de Palfium 875 devient trop mordant, la douleur traverse son corps comme un éclair qui la fige. La brûlure est si vive qu'elle en devient presque lumineuse. Au bout de longues minutes, parfois plusieurs heures où Françoise souhaiterait mourir, les crises passent, la laissant froide. Il n'y a jamais de témoins.

Comme il était doux, le temps d'avant, pense Françoise, lorsqu'elle découvre à dix-huit ans qu'elle peut, qu'elle veut, qu'elle va écrire toute sa vie. Si elle s'y refuse, elle sombre. Elle n'a pas d'autre choix que de l'admettre. Il lui faut des ouvertures qui lui permettent de mener ces doubles vies. On ne choisit pas ces choses-là. Lorsqu'elle s'endort elle rêve qu'elle retrouve Bernard Frank au restaurant, « Oh Minou ! ». Bernard se lève, il est tout heureux de la retrouver et alors une foule se tourne et constate que Minou est de retour, elle le regarde par-dessous sa longue mèche avec ses yeux immenses et Bernard comprend que cette fois c'est sérieux. Il s'excuse auprès de sa troupe et la rejoint en l'attrapant par le bras, « Viens ». Dans le rêve Françoise se voit sortir du restaurant et marcher vite vers quelqu'un ou quelque chose, à la recherche d'un instant bouleversant qui les lierait pour toujours, loin des couples, de la famille et des lois. Elle revoit aussi Paola debout devant l'autel – particulièrement souriante, extrêmement volubile, excitée, heureuse, trop – échanger des alliances avec Charles, bel homme qu'elle a vu souvent au bras de cet Américain, Robert Westhoff. Autrefois si sensuel, éclatant d'aisance, Charles est comme tassé en lui-même. Il tire nerveusement sur sa cravate, coiffe ses cheveux d'une main tremblante. Malgré le sourire de Paola, leur couple est voûté, écrasé par un passé qui les dépasse, des histoires d'argent et de châtelains. Il faut sans doute beaucoup de talent, ou une insouciance extrême, pour posséder à la fois l'argent et la liberté, pense Françoise au réveil. En s'épousant ils allaient enfin régler leurs comptes.

Quand, en 1961, Paola et Charles font leur voyage de noces au manoir du Breuil, ils sont accompagnés par Françoise et Robert, le meilleur ami de Charles. Ils découvrent la maison, blanche, élégante, se détachant au bout du chemin du Grand Clos. Tout, dans cette maison – ses pièces rouges et dorées, chargées d'odeurs de feu de cheminée, d'humidité et de bois, sa mince couche de poussière sur les bibliothèques et son évident confort –, appelait à une sensualité perdue, une langue oubliée et donc nouvelle. C'est là que Françoise retrouve le silence sec des campagnes, interrompu par le coassement des grenouilles et les miaulements apeurés. Dans ce décor pourtant si doux Françoise écoute Paola et Charles se haïr, étonnée par leur soudaine grossièreté.

Dans un coin du manoir se tient Robert Westhoff. Bronzé, grand, superbe, l'ami de Charles attend patiemment, lui aussi, que les orages passent. Françoise ne parle pas anglais et lui, un français très approximatif, mais Robert Westhoff est attentif aux paysages qui n'ont pas de famille. Il se dit sculpteur mais Françoise a un doute. Il fait des photos, pas comme photographe mais comme mannequin. Il lui raconte son histoire, au gré des jours, et Françoise aime le regarder, elle aime sa voix lorsqu'il parle du Minnesota où il est né, de l'ennui dans les villes d'Amérique, de son certificat de naissance qu'il falsifie [illegible]s pour s'engager dans l'armée, de ses [illegible] Texas à l'Alaska, de la Californie à [illegible]. Impressionné par la souffrance ren-co[illegible]pas. Robert Westhoff quitte l'armée aussitôt, avec une bourse de vétéran qui lui permet d'entrer aux Beaux-Arts de Mexico. Change d'avis, remonte à San Francisco, suit le soleil. Traverse l'Amérique en auto-stop. À New York où il rencontre Charles de Rohan-Chabot dans une fête fastueuse, il lui fait la promesse de le retrouver à Paris. Robert tient sa promesse. Il monte dans un liner pour l'Europe et sait qu'il le retrouvera. La ville et la langue ne lui font pas peur ; à Paris celui qu'on appelle Bob se sent entouré de beauté, et cette seule contemplation lui suffit pour avoir confiance.

Comment interrompre un tel récit ? Françoise, tous les jours, en redemande. Elle a envie, elle aussi, de lui montrer la beauté. Plages, mer, maisons en bois éparpillées, champs de paille secoués par les bourrasques, pierres noires lavées par les vagues, reflets d'or sur une mer bordant ses bateaux du haut du plateau de Grâce… Embrassant toute la côte, le soleil passe au jaune, caresse des vagues mousseuses. Françoise et Robert marchent un moment là, sur les plages de Pennedepie. Que faire d'autre ? Le roman attendra, parfois écrire c'est ne pas écrire.

Les semaines suivantes, au manoir du Breuil, Paola et Charles partis se haïr ailleurs, une sérénité inédite envahit la maison. Dépossédés des leurs, Françoise et Robert sont comme exilés ensemble. Discussion la nuit, réveils à midi. Balades et musique. Lecture et silence. Cette promiscuité les garde à une distance raisonnable, dans une torture délicieuse. Alors Françoise fait part de son roman en cours à Robert qui donne son avis. Il choisit des livres au hasard dans la bibliothèque du salon pour les lire à voix basse, sans en comprendre toujours le sens mais apprenant la langue française en commençant par le plus beau. Rires, poitrines, forêts, courses et baisers, « Sur ta chair le parfum rôde comme autour d'un encensoir. » « Dans la nuit du Tombeau, Toi qui m'as consolé, Rends-moi le Pausilippe et la mer d'Italie, la fleur qui plaisait tant à mon cœur désolé. » « Ô ciel ! ô terre ! ô prodige nouveau ! » Robert prononçait les mots « aubépine » mais aussi « balcon » ou « compotier » en les savourant avec une espèce de concupiscence. « Et ça tu connais ? » Sagan lui fait la lecture, émue par cette envie de Robert d'accéder directement à ce que sa langue recèle de sublime : « En haut de la route, près d'un bois de lauriers, je l'ai entourée avec ses voiles amassés, et j'ai senti un peu son immense corps. L'aube et l'enfant tombèrent au bas du bois. Au réveil il était midi. » Souvent Françoise pense aux auteurs vivants dont elle rencontre les œuvres dans la chaleur des après-midis. Que font-ils dans le four des villes ou les matins d'orient, les maisons de campagne et la solitude des forêts ? Déjeuners du dimanche ? Marchés ? Huîtres ? Apéritifs ? Y a-t-il une meilleure saison pour écrire ? Rien de moins logique, de plus étrange et inutile que cette activité, entrecoupée de coups de téléphone et d'impératifs.

Les semaines au bois du Breuil s'égrainent dans un bonheur studieux. Le quotidien est ce qui est le plus beau avec cet homme calme et souriant, toujours attentif. Que demander de plus à la vie ? De la chaleur de l'été ils étaient passés à l'automne, saison bénéfique de calme et d'étude, quand le soleil se faufile entre les feuillages dégarnis mais que l'on peut encore sentir sa présence déclinante. Ils se réveillaient désormais ensemble, allaient lire au jardin. Ce jardin planté de chênes, de pins, de bouleaux centenaires avait survécu à l'Histoire, c'est-à-dire aux guerres.

Il y a le jour où Françoise est arrachée à sa contemplation par un mystère inexplicable. De la fatigue. De l'immense et incurable fatigue des premières semaines. Une fatigue du fond des âges qui cloue au sol, rend le corps lourd comme s'il marchait dans la glaise. Une fatigue qui vous sort à jamais de l'innocence et vous montre la lourdeur des choses. « C'est merveilleux », lui dit Robert lorsqu'elle lui apprend la nouvelle. Pourquoi ne pas aller dans le sens des choses lorsqu'elles fonctionnent si simplement ? « Marions-nous ! » Robert Westhoff était heureux.

12

1950

Un soir Jacques Curtis rentre à l'improviste d'une mission d'un mois aux États-Unis où il est parti filmer des usines. Quand je le retrouve toute son expression est différente. Nous sommes assis dans la cuisine, dans notre appartement de jeunes mariés. Il se tient à une distance inhabituelle, comme si nous nous connaissions à peine. Je ne reconnais pas ces nouveaux habits, l'écharpe qu'il a nouée et cette chemise dont il a roulé les manches. Pour la première fois il n'a pas envie de me photographier ni de m'emmener dans le bal fou de ses souvenirs. Sa parole n'est plus celle du séducteur. Il me parle avec un débit lent. Son regard parcourt les murs du deux-pièces comme s'il le découvrait pour la première fois. Il tire sur sa cigarette lentement, d'une minute à l'autre je sens qu'il va partir. J'ai accroché des photos de mode parmi les ruines, il les arrache en disant : « Tu n'as pas honte ? » Jacques Curtis est fatigué par la guerre et par ce qu'il voit, partout en Europe. Je me fâche, lui dis qu'ici la vie a repris son cours. Qu'on a aussi le droit d'être heureux. Il me parle de choses affreuses en éludant les détails. Quelque chose l'a traumatisé, une image plus qu'une autre. J'insiste, « Mais quoi ? ». Moi aussi j'ai vu les images dans le journal de Lucien Moussaud, et les autres qu'on diffuse au cinéma. Est-ce qu'il y a pire encore ? On vient de lui proposer un poste à l'OTAN qu'il va accepter, il veut déménager à Londres, il me l'annonce sans aucune émotion.

Je ne proteste pas vraiment. Ses gestes sont toujours brusques. Il jette son sac de voyage encore gonflé par ses affaires sur le lit et le remplit avec ce qui reste, les quelques objets, très peu, dont il dispose, livres, cigarettes, chemises, flasque gravée. Je le regarde faire en fumant, presque soulagée de le voir disparaître.

Il y avait déjà quelque chose, dans cette apparence tiède de l'amour, avant d'en connaître avec toi l'excessive rareté. Deux personnes vont dîner au restaurant, elles semblent proches, se préoccupent l'une de l'autre. Plus tard les jeux seront faits, et comme tu l'as souvent écrit, Françoise, je ne sais pas si les gens font beaucoup l'amour à Paris. Il y a aussi un nombre assez conséquent de gens qui ne tombent jamais amoureux, parce que cela ne va pas de soi, qu'il n'y a pas, contrairement à cette idée stupide, quelqu'un sur terre qui nous corresponde, que cela n'est pas forcément une question de chance. Combien de couples, et pendant combien d'années, fonctionnent malgré cet équilibre fragile, étant conscients l'un et l'autre de la fêlure autour de laquelle ils gravitent, se demandant à quel moment ils iront s'y engouffrer ? Combien de gens tiennent grâce à la seule idée qu'ils se font de l'amour et supportent, au nom de cette seule image, une souffrance très grande ?

Tu as souvent dit avoir envie d'écouter parler les gens dans la nuit car au bout d'un certain temps, d'où qu'ils soient, et peu importe ce qu'ils font, ils en arrivent toujours à l'essentiel, c'est-à-dire : parler de la solitude. Qu'ils soient célèbres ou anonymes, évoluant dans l'indifférence généralisée, tu cherches toujours la même réponse. Comment s'accommodent-ils de leur quotidien ? Comment espèrent-ils trouver cet ailleurs dans l'amour, ou dans l'alcool ou la drogue, et à quel point cet ailleurs n'est-il jamais comblé ? Est-ce seulement humain de mourir ainsi, après une suite d'amours déçues, en gardant intact l'espoir que les choses s'arrangent ? Même si tu ne leur poses pas la question frontalement, ils finissent tous par te parler de cela. Et de l'absence de temps aussi, de la souffrance paradoxale induite par le fait de n'être jamais seul, d'être toujours entouré par des gens que l'on n'aime pas. Passé trente-cinq ans il y a forcément, dis-tu, une forme de renoncement.

Je rencontre Denise Sarrault à ce moment-là, après le départ de Jacques. Denise est mannequin mais d'une autre manière, plus détachée que moi. L'assurance qu'elle revêt, son mystère emprunté, c'est aussi ce que confère la beauté avec la plus grande injustice.

Elle débarque de chez Lanvin et arrive chez Givenchy, bras croisés, pied posé sur le marchepied. J'ai pensé que sa beauté était un atavisme propre à sa classe, que cet air impérieux lui venait de loin. La grande beauté est toujours effrayante. J'admire sa posture, sa tête blonde et froide, immobile. La lumière accroche parfaitement les arcanes de son nez pointu. Visage creux. Épaules larges. Son visage d'albâtre, aux sourcils hauts, presque féline avec de grands yeux et des pommettes saillantes me rappelle celui de Garbo. Elle a aussi une bouche superbe, parfaitement dessinée, qui monte en deux petites pointes bien hautes et qui se tire en un sourire intelligent. Dents savamment cachées. Je devine sa poitrine microscopique, ses fesses rebondies, la finesse de ses doigts, le dessin du dos, ses hanches minuscules, ses jambes de brindille, les cheveux que l'on peut attacher ou bien couper court. Quand je lui demande si elle est disponible pour passer au journal, elle m'a appelée Peggy, sans présentations.

Denise Sarrault vit à l'année à l'hôtel La Trémoille. On raconte n'importe quoi sur elle, qu'elle fréquente un prince iranien qui fume de l'opium et ne mange que de la confiture de rose. Je n'ai jamais tellement su ce qui est vrai ou faux – elle non plus d'ailleurs. Elle s'envole littéralement, partout dans le monde, et les photographes tombent tous amoureux d'elle. Denise m'entraîne dans sa course folle, m'incite à prendre aussi une chambre à l'hôtel La Trémoille et j'accepte. Je loue une chambre pendant un moment avec Jacques D. tandis que Denise participe à la nouvelle photo de mode, dans la rue, en groupe, en action. Voyage avec la chambre syndicale de la couture. On la voit poser pour Nina Ricci, Cardin, Madame Grès. Elle m'entraîne une fois à Rome servir de modèle à Valentino qui vient d'ouvrir une boutique via Condotti. Clac. Au Brésil pour Givenchy, défilés moites dans les hôtels. J'admire sa capacité à être à la fois si connue et secrète. Quand nous lui proposons avec Jacques D. d'aller à Saint-Tropez pour les vacances Denise est ravie, elle s'occupe de louer une chambre dans une pension de famille qui s'appelle Chez Mado. Sous les velums de platanes de la place des Lices, au Café des Arts où il n'y a que des joueurs de belote avec des chapeaux de paille, nous rêvons cet été-là d'ouvrir une boutique où nous pourrions à la fois servir du pastis et vendre des vêtements. Pendant des jours nous en parlons avec Jacques D. et Denise, persuadés de la réussite de ce projet. « Et pourquoi pas ouvrir cette boutique tout de suite ? » avance Jacques. Je me retourne vers le Café des Arts, m'informe sur le premier étage, il est vide ? Oui ? Le louer ? Oui ? En quelques heures c'est fait, « On va faire un coup énorme ! » ricane Denise. Et effectivement en deux jours le premier étage du café se transforme, trois pièces hautes de plafond remplies à craquer de curiosités, de fringues et d'objets bizarres. Nous dénichons des babioles aux puces, lustre de salon, caisse enregistreuse style nouille, canapé trouvé à la préfecture de Marseille. Entre les portants je pose une autruche en bois doré, une enseigne d'un magasin de Toulouse et un catafalque dressé en obélisque. Tout l'été nous buvons du pastis avec les clientes, Jacques leur explique très sérieusement : « Nous sommes contre le pantalon. Nous lui avons déclaré une guerre farouche. Vive la robe ! » Denise enfile ce que nous appelons l'ensemble mascotte : une veste blouson en toile blanche à manches raglan, un tee-shirt blanc orné d'une grosse pastille devant et une jupe trapèze rigide s'arrêtant au-dessus du genou. C'est important que la jupe s'arrête là, très haut. Nous inventons la minijupe sans le savoir. Sur les portants il y a aussi des corsages en jersey de coton à rayures, des cache-maillots, des paréos Lava-Lava en coton à ramages inspirés des peintures de Gauguin, des manteaux en cuir à ceinture basse et des robes œuf de cane dessinées par Jacques. « Peggy, tu sais le plus important, c'est de frimer. Frime ! » me dit Denise à la fin de l'été, et c'est le meilleur conseil que l'on ne m'a jamais donné.

13

1954

Jacques Delahaye regardait Peggy sortir de ses essayages et marcher jusqu'au métro, fasciné par ses mouvements gracieux et la manière toute tragique qu'elle avait de jeter son écharpe sur son épaule. Delahaye se tenait à la juste distance. Il observait le meilleur moment pour bondir sans l'effrayer. À cette époque, quand Peggy était mannequin-cabine pour Givenchy, Jacques Delahaye était jeune, beau, ambitieux et pauvre. Il dessinait des modèles du matin au soir, zonant autour du milieu de la nuit et de la mode après s'être échappé d'une famille de cinq frères et sœurs. Père marin pêcheur, mère au foyer, grandissant sans luxe à Barneville-Carteret. Pourtant c'est de la grande ville dont rêvait le petit Jacques, lui qui travaillait du matin au soir à toutes les menues, répétitives et pénibles tâches de la vie de campagne. Bois l'hiver, pêche l'été. Vie contrariée par les vents, les jours de sécheresse, les tempêtes et la peur de ne plus revoir son père, lorsqu'il prenait la mer. Et puis il y a cette vision à quinze ans, un après-midi d'août en rentrant par le port, de trois femmes en robes et chapeaux sur la plage, bras nus et bracelets. Une d'entre elles avait retiré ses chaussures et glissé entre ses doigts de pied des brins d'herbe jaune. Une autre riait, le coude plié sur ses yeux, pour se protéger des rayons de juillet. Une troisième s'échinait maladroitement à ouvrir des huîtres.

Il régnait dans ce tableau, dans la langueur de leurs gestes, leur paresse, leur peau blanche, leur richesse évidente, un tel raffinement des sens ; elles seules pouvaient percevoir dans ce port un lieu de délectation champêtre. Par leur regard la même mer, le même phare, les mêmes bateaux accostés se métamorphosaient en œuvres d'art. Là où Jacques allait puiser les poissons dans l'eau noire, la présence alanguie de ces femmes, ponctuant le paysage comme des fleurs, allait bouleverser toute sa conception de la vie, excitant aussi un sentiment d'injustice qui n'allait jamais s'éteindre. Comme les ressorts les plus puissants du destin sont aussi les plus insignifiants ! Un petit morceau d'étoffe, une simple attitude enviée, un mot décroché dans un lexique précieux et vous êtes poussé vers d'autres familles, loin de celle qui vous a bercé.

L'année qui a suivi la vision de ses quinze ans, Jacques a préparé consciencieusement son plan d'évasion. Debout dans sa salopette et ses bottes de marin, il cousait les mailles de ses filets avec une grosse aiguille et apprenait les techniques de la couture dans l'odeur du poisson et l'horizon de la mer. Matins bleus, froid des vagues. Pour se donner du courage, il pensait aux femmes en robes sur les rochers de Barneville, reconstituant le souvenir avec moult détails. Il revoyait les paniers de pique-nique et les vélos dans l'herbe, et ce souvenir le faisait souffrir tout en l'excitant comme un fou. Il réalisait de manière brutale que le travail qu'il exerçait n'était pas le bon, qu'il n'était pas à sa place. Il n'était pas chez lui parmi les pêcheurs, avec son père qu'il admirait pourtant, aux commandes du chalutier familial. Delahaye le savait désormais : il aimait les vêtements amples, l'élégance des corps avant celle des habits et les rares femmes qui savaient s'habiller. Il enviait surtout ceux qui s'autorisaient un certain art de vivre, à commencer par savoir ne rien faire, aimer le soleil. Comment expliquer cela à sa famille qui se levait à trois heures du matin pour embrasser la mer avant de ne retrouver leur lit que vingt heures plus tard, complètement éreintés ? Ce repos de l'âme qu'il avait pu apercevoir dans les yeux de ces femmes, il lui semblait qu'il pouvait l'atteindre aussi.

Mais quelque chose de nouveau, dont il a honte, naquit en même temps que cette certitude. Son regard s'était durci ; il avait honte de ses sœurs en jupes noires, lavées mille fois et cédées de l'aînée à la cadette. Alors qu'il ne les avait même jamais vues ainsi, il avait honte aussi des mains usées de sa mère, des chevilles épaisses de ses cousines, des peaux burinées de ses amis, des dents jaunies de ses oncles, du seul habit de son père, une veste grise qu'il sortait le dimanche pour la messe. Il avait honte d'avoir honte car ce qu'il voulait c'était la beauté, la beauté partout, si les siens pouvaient déjà avoir accès à ce qu'il avait compris, lui ! Mais à qui parler de son désir ? Et qui comprendrait ? Une tape derrière la nuque, voilà ce qui l'attendait s'il se confiait, avant de retourner en mer le jour même.

Alors, comme tous les Jacques Delahaye de France et du monde, Jacques est parti vers la grande ville. Il a fait sa valise sommairement, avec trois francs dans sa poche, vers la capitale. Il est monté dans des tracteurs, des semi-remorques, des berlines, suivant les panneaux « Paris » ; et ce seul nom, et la lumière diffuse qu'il recelait, lui faisait oublier les nuits dehors, la faim et l'angoisse de devoir renoncer. Être repéré quelque part, recevoir le savoir d'un maître. Travailler dur. Et peut-être même aimer, et se faire aimer. Voilà la vie à laquelle Jacques Delahaye aspirait.

Alors quand Jacques avait aperçu Peggy sortir de chez Givenchy pour prendre son métro, avec sa démarche si sûre et théâtrale, il s'était juré de la connaître. Elle était, quoique de manière plus dure mais tellement plus raffinée, comme le souvenir incarné des femmes du port de Barneville. Libre. Déterminée. Parisienne. Où trouvait-elle ces bottines en daim noir ? Ces manteaux prince-de-galles dont le tissu généreux enveloppait son corps étroit ?

Comment ne pas être saisi par ces yeux léonins, ces airs de Néfertiti née pour diriger en désignant de son doigt maigre ce qui était beau et ce qui était laid ?

Jacques s'était bien débrouillé, et vite : premier boulot d'apprenti chez Pierre d'Alby, où on lui laisse faire toutes les tâches subalternes. S'acharne. Taille les vêtements seul avec un talent fou. Se fait repérer par Jacques Fath. Devient apprenti chez Jacques Fath. Trouve des habits pour lui, un style reconnaissable : cravates, cheveux mi-longs et montures épaisses. Manières posées. Séduction permanente, hommes et femmes. En quelques mois il était devenu incontournable dans le milieu de la mode, se faufilant partout, dîners, soirées, avec un bon mot pour chacun et une mémoire phénoménale des prénoms. Rencontre Tan Giudicelli, alors jeune couturier. Lui propose de partager son appartement rue d'Assas. Poli, joli. Et puis, la rencontre, enfin, au cours d'un dîner organisé dans la maison de Guy Schoeller à Maisons-Laffitte. Jacques Delahaye avait vu Peggy et s'était précipité sur elle en lui déclarant toute son admiration. Oui, elle connaissait un peu son travail, surtout ses grandes capes en flanelle coupées plein biais. C'était complètement faux ; mais qu'importe.

Quelques semaines plus tard, lors d'un essayage de Peggy, Jacques Delahaye était arrivé avec une boîte qu'il avait donnée à la première d'atelier : « À l'attention de Mademoiselle Roche. » À l'intérieur d'un papier doré se trouvait une robe de soie blanche magnifique, avec une ceinture qui tombait en ligne droite sur la jambe façon Lucien Lelong. La robe était, de toute évidence, faite sur mesure pour Peggy, selon ses goûts, épousant parfaitement ses épaules, son dos et sa taille comme elle le constatera plus tard en la passant discrètement entre deux essayages. Jacques avait dû observer Peggy de très près pour arriver à construire une pièce aussi technique en coupant directement dans le tissu, sans toile. La robe elle-même était un petit prodige de virtuosité. Peggy accepta son invitation à déjeuner, glissée dans la poche de la robe.

14

1954

Quand je rencontre Jacques Delahaye j'ai vingt-cinq ans et je ne connais rien, lui est déjà introduit, déjà si à l'aise, il comprend la mode et me le fait savoir, se moque de mon ignorance de telle ou telle personne, de telle collection. Je sens aussi une distance entre nous qui me protège. C'est Jacques Delahaye qui m'accompagne au cinéma, avec lui au moins nous nous comprenons, « C'était très bien. — Oui, quelle belle histoire… — Je n'ai pas du tout suivi. — Non je parlais du macfarlane de Bacall, avec la pèlerine à petits carreaux. — Tu trouves ? Je la préfère dans *La Femme aux chimères,* avec son chemisier en dentelle. » On se réveille chez lui rue d'Assas, j'ai du mal à me rappeler que nous sommes rentrés à pied vers quatre heures du matin. Tan est là aussi qui nous sert du café et nous annonce qu'il va devenir le styliste de la marque de Gunter Sachs, le mari de Bardot.

Nous prenons notre petit-déjeuner, il est quatorze heures, Tan a déchiré des petits bouts de pain qu'il tartine de beurre salé et nous les tend comme à des enfants. J'aime les gestes de Tan, sa tendresse paternelle. Je l'observe souvent, soucieux du moindre détail, reprendre délicatement un col retourné ou des revers avec ses gestes minutieux. Quand je vais chez lui il m'apprend à toucher les tissus, à les reconnaître les yeux fermés. Peau de chamois ? Non. Cuir velours ? Oui ! Crêpe ? Oui, mais quel crêpe ? De Chine ? Rosalba ? Allons Peggy, tu dois savoir ça ! Et ça ? Gazar de soie, c'est évident. Non attends, de l'ottoman ? Avec le temps je deviens incollable à ce petit jeu, je palpe les matières, les porte à mon nez, les renifle comme un chien, les fait glisser sur ma joue pour en sentir le froid ou le chaud, les étire, la mode est aussi un travail d'aveugle. J'entretiens une passion secrète pour la simplicité du shirting, ce tissu des soutanes qui s'immisce dans les robes haute couture. « Peggy ? Des tartines encore ? — Non merci. — Donc voilà, où j'en étais ? — Tu disais que tu avais bouffé avec Sagan aux Mouscardins. — Ah oui. Donc Gunter nous a invités aux Mouscardins, nous buvons du vin blanc avec Françoise Sagan et Gunter lui demande : "trouve-moi un nom pour la boutique", alors Françoise est surprise et elle répond : "Mais qu'est-ce que c'est que ce micmac !" et voilà, elle avait trouvé : Micmac. — Mais c'est génial ! » hurle Jacques, et Tan rit, Jacques aussi et je suis bouleversée de te retrouver dans cette cuisine de la rue d'Assas, si loin de ton apparition tropézienne quelques semaines plus tôt. Personne ne sait que je suis attentive à la moindre nouvelle qui te concerne et te fait soudainement exister dans ma vie.

Je t'aperçois souvent à la télévision. Les journaux informent la France entière de tes aventures qu'on appelle maintenant saganesques : ton accident, ta convalescence, ton mariage, tes séjours à Saint-Tropez et maintenant ton divorce. Tu es toujours là, présence absente et lorsqu'il est question de toi je détourne la tête, j'ai peur que l'on me lise. Ce matin-là j'aime encore plus mes amis parce qu'ils évoquent ton nom. Sur cette table où se trouvent pêle-mêle les pots de confiture, le beurre dans son petit papier, un ciseau de coupe, des numéros du *Harper's Bazaar* et des bols ébréchés j'ai l'impression que tu es là, que tu pourrais rire avec nous.

Avec Jacques D. nous imaginons des collections fantaisistes, irréalisables pour nos moyens. Nous tâtonnons à la recherche de notre avenir. Le fait de n'avoir pas d'argent nous amuse un temps puis nous angoisse, nous nous fâchons sans cesse. Jacques tire un mannequin en bois caché derrière une porte et me dit : « Regarde, je suis en train de terminer ça, tu en penses quoi ? » Je n'ai pas regardé la robe, seulement les portraits de deux petites filles accrochés derrière la porte et que je n'avais pas remarqués avant. Je lui demande qui c'est, il me répond : « Mes filles. — Tu es marié ? — Nous sommes séparés. » Lui était sous les bombes pendant la guerre, en Normandie. Il me le dit un soir où il est ivre, ce qui nous arrive pratiquement tout le temps. Nous parlons de la mode alors que nous sortons de la guerre, que nous sortons de la fin du monde, comme si cela était naturel. Jacques ne veut jamais évoquer son passé, peut-être cache-t-il un secret dont il ne peut se défaire. Ses manières sont douces, il cherche toujours à me protéger. Et si la Libération n'en était pas vraiment une ? Et si les Allemands revenaient ? Et si l'État se retournait contre nous ? J'aurais aimé que mes parents soient des résistants, qu'ils cachent des Juifs, que nous soyons une famille de héros mais nous n'avons caché personne. Quand j'ai entendu dire à onze ans que « la patrie est en péril de mort » j'entendais surtout le mot *patrie* et je me suis demandé pourquoi papa était parti en ne nous laissant rien d'autre que son nom. Maman et moi nous ne réfléchissions jamais à *l'avenir de la patrie*, nous pensions seulement à la nourriture, au froid et à nous sauver des contrôles. Ma mère avait peur des Allemands et de Vichy à cause de son nom, Nadermann. Nous avions peur des autres, chaque voisin était un suspect potentiel, nous nous repliions. Pendant l'Occupation les courses hippiques de Longchamp continuaient tandis que d'autres marchaient pour la dernière fois sous le ciel du mont Valérien. Je sais que Lucien Moussaud se rendait à Longchamp en vélotaxi pour jouer de l'argent, sa désinvolture nous révoltait. Ma mère achetait des choses à manger au marché noir avec ce qui restait des paris. Les queues s'allongeaient devant les épiceries. Nous voyions de plus en plus de gens porter des étoiles jaunes. Je détournais le regard, l'étoile était cousue sur le cœur comme pour mieux cibler la trajectoire des projectiles. Nous étions foudroyés par l'effroi, par l'horreur. Devais-je porter une étoile moi aussi ? Je n'osais jamais poser de questions de peur d'être rabrouée. Depuis deux ans les magasins à prix uniques n'offraient plus que des paquets de farine, des pots de moutarde, des bouillons cube et du café à la farine de pois chiche. Les restaurants, les cafés, les salons de thé, les bars, les théâtres, les cinémas, les concerts, les music-halls, les bordels, les cabines de téléphone, les marchés, les foires, les piscines, les plages, les musées, les bibliothèques, les expositions publiques, les châteaux forts, les monuments historiques, les manifestations sportives, les champs de course, les campings et les parcs étaient interdits aux Juifs. C'était écrit partout, sur des panneaux qui nous stupéfiaient. Ce mot d'Occupation m'obsédait car nous cherchions justement à nous occuper, sans cesse, pour survivre. Suivre une scolarité relative. Respecter une routine rassurante, entre deux alarmes. Ma mère gardait sur elle un papier gris plié en quatre qu'elle sortait à la préfecture, avec sa carte de rationnement, pour obtenir des coupons alimentaires. Je ne savais pas ce qu'il y avait sur le papier. Je me rappelle du jour où je me suis mise à avoir peur du noir, vers l'âge de douze ans, une peur panique alors que je n'ai jamais eu peur de quoi que ce soit et encore moins de la solitude. Vers la fin de la guerre nous ne sortions quasiment jamais de la maison et encore moins de l'enceinte de la Villa.

Il y a l'avant, l'âge où l'on prend le temps d'observer des chenilles tisser leur cocon et ce black-out au milieu. Il y a le départ de papa pour l'Allemagne pendant l'effort de guerre. J'aurais aimé penser que c'était contre son gré. Comment savoir ? Pendant longtemps je m'imaginerai qu'il nous attendait quelque part dans une ferme du mont Ventoux. Des filles de ma classe parlaient de la croix gammée sur la tour Eiffel mais je n'y croyais pas. Pendant des années j'ai refusé d'aller au Bois, dans la clairière de la forteresse. J'avais peur et en même temps j'imaginais secrètement un autre roman familial, celui d'y voir mon père mourir en héros.

Peut-être l'avais-je croisé depuis la fin de la guerre ? Peut-être ne l'ai-je tout simplement plus *reconnu* et lui aussi ? Était-il ce vieil homme assis au soleil dans le jardin du Luxembourg, donnant du pain aux pigeons ? Cet autre en costume, assis avec sa femme au Café de la Paix ? Peut-être est-il mort depuis longtemps au champ d'honneur, ou plus probablement lâchement, chez l'ennemi ? À moins qu'il ne nous ait abandonnées pour vivre loin ? Pourquoi n'ai-je pas de frères et de sœurs ? Ma mère avait vingt et un ans lorsqu'elle a épousé mon père, vingt-quatre à ma naissance. Ils vivaient comme ils pouvaient, ne manquaient de rien sinon de bonheur. La guerre n'était pas finie lorsque ma mère a rencontré Lucien Moussaud. Peut-être était-il là avant, je n'ai pas de souvenirs. Avait-elle vraiment été show-girl ? J'ai beau chercher, mon esprit s'y refuse, c'est noir. Nous quittons la rue de Passy où nous vivions avec papa pour la Villa de Lucien Moussaud. Un jour Lucien m'emmène faire un tour en voiture à cheval, c'est un dimanche d'hiver et je fixe l'oriflamme nazie sur l'hôtel Le Meurice. Plus tard, en sortant de mon appartement rue de Varenne, je passerai tous les jours devant l'immeuble qui a accueilli le tribunal militaire, celui de la Wehrmacht. Comment fait-on pour oublier ? Et pourtant moi aussi j'oublie, je n'y pense plus à chaque fois aujourd'hui, car les couleurs, les arbres et même la lumière de Paris semblent avoir changé depuis la fin de la guerre.

15

1985

— Vous avez mal ?

— Oui.

— Est-ce que François Mitterrand est venu ?

— Oui.

— Alors ?

— Je ne sais pas. Il doit me trouver vraiment malcommode.

— Mais non.

— J'ai envie d'une fête, pour mon retour.

— Vous plaisantez ?

— J'ai envie de voir tout le monde.

— Vous êtes épuisée, Françoise ! Non !

— Je ne veux pas mourir seule.

— Mais vous êtes en train de vous rétablir. Dans quelques jours vous serez partie d'ici.

— Mme Bartoli est là ?

— Oui, dans le couloir. Vous voulez la voir ?

— Oui.

— Je lui dirai.

— J'ai eu très peur, en me réveillant. Je pensais que c'était vraiment fini.

— Eh bien tant mieux.

— Je suis désolée de vous avoir dédié un si mauvais roman.

— Ce n'est pas si mauvais.

— Vous l'avez lu ?

— *Un profil perdu* ? Pas au complet.

— Eh bien voilà.

— Françoise vous me représentez toujours de la même manière, dans des personnages de stylistes déchues, des femmes alcooliques, des dépressives et des cadavres.

— Ce sont des romans.

— Je ne sais pas.

— C'est pour cette raison que vous n'aimez pas me lire ?

— Oui. Je vais chercher Mme Bartoli.

— Non attendez encore un peu. Pas tout de suite. Restez un petit peu.

— Comment va la boutique ?

— Je n'y vais plus beaucoup vous savez.

— C'était très beau cette collection.

— Vous parlez du défilé ?

— Oui. J'ai adoré que vous ajoutiez les couleurs cousines, les roses, les bleus, les oranges.

— Merci.

— Pourquoi vous ne mettez plus de turbans ?

— Sur ma tête ?

— Oui ?

— Ça vous plaît, ça ?

— J'adorais les filles avec des turbans blancs dans votre défilé, avec les manches bouffantes, on aurait dit un tableau de Delacroix. Ça vous vient d'où ?

— Je ne sais pas. J'ai pensé à Mata Hari.

— Vous savez ce qu'on a dit de *La Femme fardée* ?

— Non ?

— « Précision et élégance extrême d'une phrase au classicisme impeccable et sûr de lui. »

— Qui a dit ça ?

— *Télérama*.

— Pas étonnant.

— Vous faites exactement la même chose, je trouve. « Précision et élégance extrême d'une phrase au classicisme impeccable et sûr de lui. »

— Allons.

— La mode aujourd'hui, c'est quoi ? Des tenues d'aérobic en Lycra.

— Pas que. J'aimerais bien faire un autre défilé.

— Bien sûr. Évidemment ! Il faut y aller ! Et inviter tout le monde. Les arroser de champagne.

— On verra. Je me donne un an pour sortir autre chose.

— Et vous aimeriez faire quoi ?

— Une soixantaine de modèles. Des robes du soir, quelque chose de tragique. Je choisirais des filles androgynes pour les modèles de jour, et des filles femmes pour les robes.

— Banco ! Viens ici !

— Et à la fin, Banco et Lulu défileraient eux aussi !

— On les déguiserait ? Avec des pompons sur la tête ?

— Pourquoi pas. C'est toujours étrange de parler de mode avec vous.

— Pourquoi ?

— Est-ce que vous avez honte, parfois ?

— Non, jamais. Pourquoi ?

— Mais alors, pourquoi vous ne dites jamais que nous vivons ensemble ?

— Parce que. C'est plus amusant.

— Ça m'amusait avant.

— Plus maintenant ?

— Non.

— Ça ne vous amuse plus de sonner à la porte une fois les invités arrivés ?

— Non.

— Je préfère que nous fassions comme cela.

— Tout le monde sait.

— Non, tout le monde ne sait pas.

— Vous avez peur pour les lecteurs ?

— Oui. J'ai peur pour les lecteurs.

— Enfin, Françoise, le monde change.

— C'est comme ça.

— C'est à cause de Denis ?

— Peut-être, en partie.

— Ou de Robert ?

— Sûrement pas. Quand même.

— Ou parce qu'il y a toutes les autres ?

— Ne dites pas cela.

— Je rentre. Vous avez tout ce qu'il vous faut ?

— Non.
— Vous m'en voulez ?
— Non.
— Vous en êtes sûre ?
— Oui. Vous reviendrez demain ?

16

1962

La petite chose gigotante qui demande du lait et de l'amour s'appelle Denis. C'est un drame et un ravissement à la fois, celui de n'être plus jamais seule. À la claire fontaine m'en allant promener, j'ai trouvé l'eau si belle que je m'y suis baignée. Il y a longtemps que je t'aime jamais je ne t'oublierai. Ah vous dirais-je maman ce qui cause mon tourment. Papa veut que je raisonne comme une grande personne. 1 2 3 nous irons au bois. 4 5 6 cueillir des cerises. Ah ! Si papa savait ça, tralala. Tous les gestes à apprendre. Cet amour pour les enfants que l'on devrait ressentir à la première seconde de leur arrivée sur terre.

Souvent les parents de Françoise recueillent le petit Denis lorsque Robert emmène sa femme épuiser ses dernières forces au New Jimmy's, le bar de Régine à Montparnasse où Françoise se sent revivre. La nuit, la musique, la danse, le feu soyeux des verres redonnent lentement aux choses leur intensité initiale. Robert présente à sa femme son nouvel ami, il s'appelle François.

Françoise aussi a une nouvelle amie, elle s'appelle Elke. Elke et Françoise se connaissent par Paola, dans l'ombre et la chaleur affolante de Paola. C'est leur seul point commun, pense Elke, alors Elke en parle beaucoup, trop. Elke a les joues rousses et les yeux verts, elle aime les textes de Françoise. Sa frange enfantine, son jean blanc et son tee-shirt gris ajouré de chaînettes tranchent parmi les paillettes clinquantes de la jet-set. Au milieu de la nuit quand les invités descendent au port de Saint-Tropez et qu'Elke prétexte être trop fatiguée pour rentrer, elles s'assoient non loin l'une de l'autre sur un des bancs verts du port. Derrière elles des verres se brisent à la terrasse de chez Sénequier. Françoise remarque alors la cheville d'Elke, dont l'os saillant dévoile un pied particulièrement arqué. Sa ballerine tient en équilibre sur ses orteils, se balançant paresseusement. Françoise rallume une Kool, en offre une à Elke qui refuse poliment. Elle fixe la pulsation d'une veine d'Elke sur sa tempe, une jolie veine bleue qui serpente à travers la peau translucide, alimentant de sang sa délicate boîte crânienne. Elles rentrent avec le soleil, clés, chambre, merci, la porte se referme sur un bruit de verrou, culotte dans un coin de la chambre. Quand, au matin, regardant depuis la fenêtre de la chambre d'Elke les pêcheurs décharger leurs filets dans des cuves, Françoise lui demande : « On saute ? — Où ? — Dans la mer ? » et qu'Elke éclate de son rire d'enfant, Françoise décide de l'emmener à Paris pour toujours, loin de la société munichoise guindée où Elke est attendue.

Si Elke fait semblant de s'éloigner elle finit toujours par revenir vers Françoise, avec elle les choses n'ont pas à se demander. Cajarc, Paris, dîners, champagne, lecture, écriture, finances, soucis, ennuis, dettes, fêtes, romans, drogue, sommeil, écriture. Avec Elke la vie semble s'accélérer, Elke est aussi avide qu'elle de vitesse, d'amis et d'amour. Quand Françoise emménage avenue de Suffren Elke la suit, Robert lui cède sa place dans un chassé-croisé sans heurts. Françoise ne tient jamais en place et, à peine les meubles posés et le courrier réacheminé à la bonne adresse, elle veut à nouveau déménager, trouver d'autres perspectives sur la ville comme un peintre déplacerait son chevalet autour du même objet.

Car Françoise est toujours étonnée par la facilité avec laquelle elle arrive à changer de vie en quelques heures. Elle vit dans un lieu, l'habite, l'abîme un peu, y laisse son insoupçonnable trace, devient un fantôme invisible pour le prochain locataire qui regardera, comme elle, le même espace dans le même silence. Rue de Bourgogne. Boulevard des Invalides. Rue de Martignac. Hôtel du Port-Royal. Avenue de Suffren. Rue Henri-Heine. Ces déménagements successifs sont comme une exploration de Paris depuis l'intérieur, amours et jardins, appartements nombreux, rencontres par milliers. Retrouver Elke, voilà le noble but, le seul labeur. Et parce que Elke parle avec cet accent si désirable, toute l'étendue de l'imagination de Françoise se déploie sur elle et grâce à elle. L'écouter est un délice. Elke n'a pas peur, elle retourne toujours avec Françoise au lieu de la douleur délicieuse. Toujours elles y reviennent, main dans bouche dans main dans œil feuille d'or feuille de pluie feuille de peuplier. Il y a cette chanson de Carly Simon dans les fêtes avec les paroles que personne ne sait chanter. Un cheval les tire loin vers le rouge vers le revers de l'aurore alors elles roulent vite vers le nord. Françoise aime quand Elke dit dans un mauvais français « Je saisis l'ivresse par le col. — Attention je pense que tu l'as frappé c'est vrai oui je te jure arrêtons-nous. — Non c'est bon il n'a pas l'air d'avoir mal tu es folle tu crois non je t'aime. » Avec Elke Françoise dit qu'elle forme quelque chose d'absolu que leurs vies risquées leur ressemblent. « Je veux te voir plonger nue dans la piscine libérer les oiseaux manger des pommes dans le lit tu ne veux pas mettre un disque de Billie Holiday ? — Bien sûr minou fouille là. C'est quoi cette écharpe c'est à toi ? — Non c'est à Paola. — Ah merde. — Ah oui c'est vrai bon que veux-tu. — Elle va bien ? — Je ne sais pas je ne pense pas. — Elle te manque oui. » Françoise ne veut pas s'emporter elle ne veut pas détruire le moment. Elle veut poursuivre, elle va continuer normalement de rouler cette nuit-là. Bientôt Le Havre bientôt la côte « Je compte les kilomètres. — Plus que 28. Tu as vu le panneau. — Tu me dis quand on arrive ? — Tu sais depuis le temps je connais la route et ce n'est pas comme si les accidents me faisaient peur ». Depuis que François Elke elle veut vivre encore des millions d'années pour enfin se transformer en arbre. « Tu as senti la mer ? On sent toujours la mer quand elle est à côté. Il y a ce moment en voiture quand on arrive près de la côte en ouvrant les fenêtres le fond de l'air change il devient plus intense les goélands cherchent des poissons en criant et on dit tu sens la mer et l'autre répond oui je sens la mer c'est une présence très diffuse mais absolue on ne peut pas se tromper et c'est partout pareil partout où il y a la mer tu as remarqué toi aussi. — Nous y sommes. » Elles descendent tranquillement les dernières pentes. « J'ai eu peur un peu quand même je crois sur la route une ou deux fois. — Ah bon mais non arrête je ne roule qu'à 220. Quand tu vois le panneau Barneville surtout tu me dis. » Elles ouvrent la maison il n'y a personne il y a juste une odeur d'humidité et de feuilles mortes pas un bruit pas une lumière cela fait trois heures que Françoise regarde le plafond. « Je crois je ne sais pas non la dernière fois que j'ai vu le jour // Elke/ oui// tu es là/oui/donne ta main/dors avec moi/nous dormons déjà/tu resteras toujours avec moi/oui// dis-le

Oui

dis-le. »

Que fait Robert pendant ce temps ? Robert boit trop. Robert ne fait rien. Robert est encombrant. Robert ne se consacre plus du tout à la sculpture. Robert sort la nuit. Robert devrait travailler. On a trouvé un travail à Robert dans une agence de publicité. Robert passe son temps au café. Robert a trop d'amis au café. Robert a un problème. Robert devrait se faire aider. Robert va se faire opérer pour soigner son alcoolisme. Robert souffre. Robert exige qu'on lui enlève cette plaque qui l'empêche de boire. Robert ne supporte pas que Françoise se drogue. Robert lui dit que la drogue la rend égoïste. Depuis l'opération Robert est malade dès qu'il boit. Robert se fait enlever la plaque. Robert et Françoise se fâchent. Robert ne va plus à son travail. Robert dit à Françoise qu'elle est changeante, capricieuse et irréfléchie. Robert part de plus en plus souvent de la maison. Robert s'en va. Robert s'installe pour toujours chez son ami François. Robert n'est plus là.

Elke retourne souvent à Munich mais trouve toujours le moyen de revenir rue Henri-Heine, dans l'énième nouvel appartement de Françoise. Cette fois c'est pour la traduction allemande d'une pièce de théâtre. Elke se lève tôt, étudie les pages à traduire, propose à son auteure différentes versions. Elle traduit sagement jusqu'à midi puis s'arrête pour déjeuner avec la régularité bienheureuse d'un moine copiste. Mais ce matin Françoise est rentrée tard, elle a veillé Paola qui est tombée subitement malade, pratiquement paralysée, hospitalisée à domicile dans son appartement à côté du leur. Françoise dit que Paola est globalement seule, qu'il faudrait la veiller plus souvent. Et donc à partir de ce moment-là Françoise et Elke se relaieront, la nuit, pour déposer leurs mains fraîches sur le front brûlant de Paola. Françoise enchaîne les soirées, les substances, les moments de crises, les absences qui ne demandent pas d'explication. Puis elle revient vers Paola, observant impuissante son agonie inéluctable. La mort se glisse sous ses draps, court à ses talons, la rappelle à l'ordre. Écris ! Ne perds pas de temps ! lui répète Paola. Elle a deviné depuis longtemps, pour Elke et Françoise, et les bénit avec la sagesse des saintes.

Elke poursuit la traduction allemande d'*Un piano dans l'herbe*, s'acharne malgré la fatigue des nuits passées au chevet de Paola. Parfois Françoise dort jusqu'au milieu de l'après-midi où elle reprendra ses propres activités d'écriture. Mais au bout de plusieurs semaines Elke est épuisée, elle a veillé Paola seule, Françoise rompant leur pacte en choisissant l'ivresse. Elle continue de rentrer en fin de nuit, avec le soleil. Un matin Françoise regarde les cendriers pleins de la nuit dernière, la partie de gin interrompue, cartes sur table, les verres à moitié remplis dont l'un s'est renversé sur le tapis. Un calme épouvantable règne dans la maison. Alors Françoise comprend qu'Elke ne s'installera plus dans le salon, ne rangera plus ses feuilles près de la machine à écrire, ne passera plus un pull sur ses épaules, ne soufflera plus sur un thé. Elle descend au parking, monte dans sa voiture. Elke est partie en quelques heures, Elke dont Françoise connaissait le secret. Françoise n'hésite pas, elle fait le trajet Paris-Munich d'un trait. Elle voit ce qu'elle ira chercher : le creux de la hanche d'Elke, couchée nue sur le côté. Françoise pense à cette courbe parfaite et à toutes les autres. Elle veut enfouir son nez là mais Françoise est si fatiguée qu'elle rate trois fois la sortie, peine à doubler les semi-remorques, ses pieds s'enfoncent avec difficulté sur les pédales. Quand elle arrive enfin devant la haute maison familiale d'Elke, le valet lui intime fermement de retourner chez elle. Françoise pleure sur la route du retour. Elle songe plus d'une fois à se tuer. Quelques semaines plus tard Paola meurt dans une solitude absolue des suites de sa maladie.

17

1985

— S'ils démantèlent le réseau de Lyon je risque gros.

— Comment ça ?

— Peut-être la prison, tout ça.

— Oh la la, toujours ce sens du romanesque.

— Cette fois c'est sûr. Il n'y aura plus de passe-droit. Et puis Mitterrand ne sera pas réélu. C'est fini.

— Arrêtez de paniquer, commencez par vous rétablir, et nous verrons.

— Je ne me rétablirai jamais.

— Mais si.

— Denis va bien ?

— Ça va. Je ne le vois pas beaucoup.

— Comment ça ?

— Il va, il vient. Il a une copine, je crois.

— Ah vous pensez aussi ?

— Je ne suis pas sûre. Mais je le sens ailleurs. Et il ne rentre pas tous les soirs.

— C'est de son âge… Essayez de savoir qui c'est, quand même.

— Pourvu qu'il ne nous ramène pas une Américaine comme l'été dernier.

— Peggy… Il fait ce qu'il veut.

— Je ne supporte pas ces filles.

— Il y en a de sublimes, pourtant.

— Vous savez que je vais partir à Monaco la semaine prochaine ? Pour un shooting avec Helmut Newton ?

— Oh ?

— Oui, je vais pouvoir enfin montrer ma collection !

— Mais c'est merveilleux ! Bravo mon Peggy.

— Oui !

— Qui est le mannequin ?

— Moi-même.

— C'est pas vrai ?

— Oui !

— C'est vrai que vous êtes pas mal pour une vieille.

— Je n'ai pas fait ça depuis dix ans… Depuis les photos avec Lothar je crois.

— Vous porterez cette jupe ?

— Non, je ne pense pas.

— De toute façon, quoi que vous portiez, vous êtes magnifique.

— Merci.
— Mais qui viendra me chercher si je sors d'ici là ?
— Vous voulez que je demande à Bernard ?
— Oui, je veux bien. Il va bien lui aussi ?
— Alors là. Aucune idée.

18

En 1964 j'habite à l'hôtel La Trémoille avec Denise et Jacques D. qui y dort aussi, avec moi la plupart du temps. Ma mère vient me voir au bar de l'hôtel et m'annonce que Lucien Moussaud est revenu après quinze ans d'absence. Elle est heureuse. Et les dettes ? Plus de dettes. Et les disputes ? Terminées. Elle m'annonce qu'ils vont se marier. Quand ? En avril.

Je la regarde sans rien dire, rayonnante et naïve comme une enfant. Je repense à Lucien Moussaud, pas vu depuis la fin de la guerre, élégant et secret, dans ses gilets et ses vestes en tweed. Je revois sa montre à gousset rattachée à sa boutonnière par une chaînette en or. Quel âge a-t-il ? Soixante-dix ? Plus ? Ma mère est presque jolie, les yeux pétillants, pleine de confiance, drapée dans une robe verte en satin, les doigts serrés sur son verre de martini. Mariée une première fois à vingt et un ans, une deuxième à soixante-trois. Je suis née quelque part au milieu, mon père me laissant son nom et des cheveux noirs : Frédéric Roche, employé de commerce.

Quand ma mère m'annonce son mariage j'ai l'impression qu'elle enterre quelque chose. J'attends qu'elle parte mais je n'attends pas la nuit pour me saouler. J'atterris au Carrousel de Paris, un bar de travestis à Montmartre. Au moins là-bas il n'y a pas ce bruit de fond, « Où trouver un mec », « Mon mec m'a plaquée », « Il m'a trompée tu te rends compte ? », « Voilà, j'étais enceinte, il est parti », « Nous sommes mariés oui, mais bon, je m'ennuie », « Il me faut un amant », « Je ne trouve personne », « C'est vraiment trop difficile de trouver un homme aujourd'hui tu comprends, un vrai », « Il pense que je suis une poupée ou quoi », « Impossible de le retrouver, c'est vraiment comme s'il avait disparu », « Il me doit dix mille francs ! ». « Il s'est laissé entretenir, c'est évident », « Je l'aime, je suis si amoureuse, mais je ne sais pas si c'est partagé », « Oui, une double vie, je te jure, c'est affreux, je viens de l'apprendre », « Il dit qu'il doit m'épouser, maintenant c'est trop tard, avec le bébé ».

C'est Lisette qui est venue me parler la première. Elle est petite et grassouillette, parle sans cesse, avec cette nervosité constante de ceux qui dorment peu, préoccupés par leurs colonnes de chiffres et ceux de l'année suivante. Elle est plus âgée que moi et a une vision ancienne, assez traditionnelle peut-être, des femmes de notre franc-maçonnerie. J'aime son tailleur, ses cheveux courts et sa cravate, pointée sur son entrejambe comme toutes les cravates. Une pochette en soie est glissée dans la poche de sa veste. Toute cette panoplie est d'un goût extrême, taillée dans de beaux tissus, avec des finitions parfaites. Lisette marche comme un homme, fume comme un homme, gomme, pour le rendre encore plus criant, tout ce qui la caractérise comme femme. Elle appartient en cela à une famille, une sous-culture qui n'existe plus beaucoup, à part dans des journaux berlinois oubliés. Je la retrouverai souvent au Carrousel puis à l'hôtel La Trémoille. Je suis fascinée par sa liberté et, de manière très contradictoire, par son désir d'invisibilité ; sa féminité évidente attire les regards, et quelque chose en elle se noue en permanence autour de cette question. Lisette agit si spectaculairement en homme que je n'ai pas l'impression d'aimer une femme ; notre relation s'apparente à un couple où les rôles masculin et féminin seraient parfaitement joués et, de ce fait, je crois que notre histoire était tout aussi théâtrale.

Lisette a cherché très vite et très tôt à gagner sa vie et elle a eu un jour cette étrange idée, pour y arriver, de commercialiser des combinaisons amaigrissantes. Les combinaisons s'achetaient par correspondance dans les magazines pour lesquels je travaillais. C'était un étui en matière synthétique pourvu de manches et de bras, fermé par une longue fermeture éclair qui court du pubis au cou, serré aux chevilles et aux poignets par des élastiques. La combinaison provoquait une sudation excessive, et la publicité promettait aux femmes qui la portaient de perdre jusqu'à un kilo par jour. Il existait aussi des modèles plus luxueux et d'autres pour hommes. Sa petite affaire marchait rondement parce que Lisette avait un vrai sens pour les affaires, l'argent et l'image. Elle avait repéré les dessins à l'encre de René Gruau et lui avait demandé une illustration pour l'une de ses publicités – restée depuis dans les archives de l'illustration publicitaire. Mais surtout Lisette s'était créé une ville dans la ville, un système sophistiqué qui lui permettait de ne transiger qu'avec des homosexuelles, à la fois dans les affaires et les plaisirs ; une sorte d'eldorado saphique duquel les hommes étaient exclus.

Lorsque Lisette se retrouvait contrainte à côtoyer les hommes, elle déjouait immédiatement leurs réflexes – humour, domination – en les affrontant directement, assumant que leur seule existence était une provocation à sa personne. Pour elle, leur seule qualité d'homme les rendait complices de l'asservissement des femmes. Un homme était forcément agent d'un système de domination/appropriation/oppression (le mot changeait selon son humeur), bref le relais d'une tyrannie souterraine. Elle avait trouvé la solution à sa colère en se rangeant de leur côté, s'habillant comme eux et, de manière assez contradictoire, en recréant malgré elle les mécanismes de cette domination grâce aux nouveaux pouvoirs que cet accoutrement lui procurait.

Avec Lisette nous allions dans les restaurants snobs où se mélangeaient les minets, les noceurs et les beatniks comme au 7 de la rue Sainte-Anne qui n'ouvre qu'à vingt-deux heures. Parce que je suis accompagnée j'espère ne jamais t'y croiser mais forcément cela arrive. Je te vois assise au 7 avec ta bande, des assiettes terminées sont posées devant vous. Bernard Frank a reculé sa chaise, tu as coincé une cigarette entre tes lèvres, quelqu'un se sert du vin, je devine la silhouette de Jacques Chazot de dos. Je vois une femme brune à ton bras, heureuse de goûter le bonheur d'être auprès de toi. Ma vue se trouble, Lisette s'inquiète, me demande si ça va, je lui dis que non, nous sortons du restaurant. Je ne sais pas si elle remarque mes joues pâles, je sens que je pourrais tomber. En sortant je te fais un petit geste de loin et Lisette me regarde, « C'est Sagan ? Tu la connais ? ». Je lui réponds que non parce que c'est la vérité. J'ai envie de fumer de l'herbe, nous en achetons dans la rue, les choses deviennent tout de suite plus légères puis nous allons chez Bacchus où des filles dansent en pantalons et en chemises. Elles me font penser aux mannequins américains qui arrivent le matin au studio *Elle* en jean et se transforment en vamp dès qu'elles se drapent dans n'importe quel peignoir. Lisette est inquiète, je ne l'ai jamais vue comme ça, elle parle fort et s'énerve, dit qu'elle ne veut pas rentrer avec moi. Peut-être nous sommes-nous quittées ce soir-là.

Ce que tu nommes pudiquement ta maladie est devenu un feuilleton national. De jour en jour, on annonce ta mort imminente. Les journalistes s'excitent autour de ta chute. Lorsqu'en 1965 tu te rends à la clinique-infirmerie des Chartreux à Lyon pour faire une série d'examens, les journaux titrent avec une sorte de gourmandise macabre : « Françoise

Sagan hospitalisée de nouveau ». Tu es traquée. Tu passes en permanence des coulisses aux rideaux et à la scène puis retournes dans les loges ; la courbe de ton état de santé fait vendre des millions de journaux. De retour à Paris, pour faire taire les rumeurs, tu te rends chez Lipp tout sourire au bras de Jacques Chazot, espérant que dans la salle, les auteurs de ces torchons s'étouffent avec leur bavette. Moi aussi je lis ces articles avec avidité, dans la cuisine pleine de lumière de la rue d'Assas. Jacques me surprend une fois, « Dis donc, elle t'intéresse vachement la Sagan ! ». Il y avait une pointe d'agacement dans sa voix.

C'est au défilé Saint Laurent que je te revois enfin, de face, à quelques mètres de moi. Plaisir de te contempler de loin, mélangé à la frustration de ne pas être assise plus près. Anticipation nerveuse de ce que je m'apprête à te dire. Dois-je te saluer ? Tu es assise au premier rang, entre les actrices et les acheteuses. Je note à toute vitesse ce dont je dois rendre compte au journal le jour même : canadiennes de cuir, velours, col et poignets de fourrure, pantalons de flanelle, blouses plissées de mousseline, ceinture serpent, cardigan brodé, or-gris-argent. Tout est magnifique et plus le défilé avance, déversant un océan de perfection, d'inventivité et de liberté, plus je suis humiliée. En détaillant ce qu'a fait Yves, je comprends, et toute l'assistance comprend, le génie absolu dont il est porteur – et à quel point, par un sinistre calcul, j'en suis dépourvue. Chaque trouvaille est d'une justesse bouleversante qui me noue l'estomac. La prouesse des coutures, l'audace dans chaque menu détail me renvoie à mon ignorance du métier. Le plus difficile à concevoir est la simplicité apparente des coupes, comme si les robes avaient été réalisées à l'aiguille et sans effort.

Il y a Yves et il y a tous les autres. Yves me condamne à rester où je suis. Et tandis que je vois mes rêves s'écrouler au milieu des paillettes, toi, Françoise, tu bondis spontanément de ta chaise et commences à marcher avec les mannequins, béret sur la tête, pour faire le pitre. Tout le monde est gêné, Pierre Bergé te raccompagne gentiment à ta place. Ton malaise est palpable ; quelque chose a changé, la fête est devenue triste. Ton regard s'évade.

Je crois que je me suis faufilée quelque part là, dans ce moment de fragilité qui a constitué toute ma chance. À quelques minutes près je ne te voyais pas dans le bureau de Lazareff, je ne prenais pas le bon train pour Saint-Tropez, je ne me trouvais pas à quelques mètres de toi sur la plage des Murènes, je ne t'observais pas aimer Paola ni celle qui s'appelait Elke. Il me fallait t'intéresser par-delà les mots, m'immiscer dans les failles les plus invisibles.

L'inconstance de l'amour, la place presque trop superficielle qu'il occupait dans ma vie, son caractère si malléable, tout ceci me préparait lentement à toi, Françoise. Je voulais qu'avec moi tu prennes conscience de la beauté sidérante des choses. Que tu saches qu'en ma compagnie tu pouvais retrouver la sérénité des formes simples, le cours tranquille des saisons, le bonheur des ciels pommelés. Les histoires qui commencent tard sont parfois les plus vives. Il me fallait perdre du temps, m'imaginer que les choses n'étaient pas tellement plus extraordinaires, me dire qu'il fallait me contenter de ce que la vie me donne, me perdre dans ces chemins sauvages pour m'ouvrir au monde qui était le tien, et connaître enfin avec toi le grand vertige d'aimer.

Après le défilé d'Yves je vais à Saint-Germain où on peut tout oublier, il y a le twist et la musique et la fête et le Club Saint-Germain, La Pergola du carrefour Mabillon, Le Bilboquet avec les fausses Bardot et leurs robes vichy – d'ailleurs ce nom me fascine par sa candeur, *vichy*. Je veux boire au Bar Bac, à la terrasse du Sélect et au Rock'n'Roll Circus. Je veux vivre dehors, je ne veux plus jamais entendre le silence de mort de la Villa. Entre la rue Saint-Benoît et le carrefour de Buci il y a toujours une foule, des étudiants, des artistes fauchés, des écrivains, des yéyés, des hippies, des musiciens qui viennent de se réveiller. Les filles portent de l'*eye-liner*, des types bronzés déboutonnent leurs chemises. On y croise des riches, des pauvres, des Blancs, des Noirs, des employés de commerce et des aristos, et je cherche des filles qui aimeraient aussi se frotter à moi, dans la discrétion des foules comme au Pousse au Crime rue Guisarde. Il y a toujours de la place, l'important est d'être flamboyant ou volontairement décati. Est-ce que les filles se transformaient pendant quelques heures seulement, roulant leurs tenues sages dans leurs sacs ? Je cherche dans le quartier l'ardeur des dangers et je ne suis jamais aussi heureuse que lorsque je me retrouve à danser avec des voyous ou ceux qui prétendent l'être. Des snobs piapiatent qu'à Londres c'est encore mieux, que Paris c'est pour les amateurs, que là-bas toutes les filles sont en minijupes (le regard blasé de Jacques Delahaye lorsque je lui dis, il me répond que l'ambition c'est vulgaire), qu'ici on est des proprets et que là-bas les mods se baladent en vestons-cravate tout en inventant la musique du futur. À Saint-Germain les gigolos tournent autour des femmes chics qui sont aussi les clientes de la couture. Grâce à elles Jacques et moi pouvons vivre c'est-à-dire boire et sortir. Tout se passe comme si Saint-Germain possédait son propre système économique, ceux qui s'enivrent pour ensuite habiller celles qui ont le fric, et la roue tourne. Jacques D. préfère l'Alcazar, je le vois une fois danser un tango grossier avec un matelot dont la chemise ouverte laisse deviner ses poils et je sais tout le plaisir qu'il prend, caché derrière la mascarade. J'entends la chanson des Kinks une fois là-bas, *You really got me*, et comme toutes les filles j'ai l'impression qu'elle a été écrite pour moi. On parle du Swinging London avec une sorte de jouissance à l'idée même d'y être, d'entrer nous aussi dans l'histoire de la pop.

Une nuit je rencontre rue Jacob Peter Knapp qui me dit qu'il me trouve belle, je ne sais plus si je le suis. Peter travaille chez *Elle*, je l'ai toujours connu là. Il a photographié les plus belles femmes du monde, comme on dit. Yeux verts, front dégarni, sourire franc. Pulls en cachemire. Toujours préparé, respectueux des filles. Une rareté. Pour la première fois depuis des années Peter me demande si je veux poser pour lui. Il insiste, veut que je choisisse mes vêtements. J'ai quarante ans, j'ai arrêté de jouer au mannequin depuis longtemps mais nous avons les clés du studio *Elle*, c'est facile et tentant. J'accepte. Le lendemain je vais à son studio avec une cape qui me couvre le corps. Peter braque son appareil et je suis étonnée d'aimer cela de nouveau, je retrouve un peu de cet abandon auquel Jacques Curtis m'avait habituée. Clac. Avec Peter je n'ai plus peur, je peux me laisser figer comme un papillon mort. La mode se divise en deux camps, d'un côté ceux qui chargent leur appareil et celles qui se laissent faire. La photographie est d'une violence innommable mais avec Peter c'est différent, il me prend alors que je suis assise, drapée de vêtements somptueux, tirant la diagonale d'un bout à l'autre de la photo. Ses angles sont toujours flatteurs. Il cherche d'abord une composition, un tableau. Les vêtements sont si beaux et les lunettes me mangent le visage, on me reconnaît à peine. Il est content, dit qu'on a bien travaillé et alors j'ai une idée : habiller un jeune mannequin que nous aimons tous les deux, Nicole de Lamargé, pour qu'elle devienne tour à tour Louise Brooks, Marlene Dietrich, Greta Garbo, Carole Lombard, Rita Hayworth et Marilyn Monroe. Peter est d'accord et naturellement Nicole accepte aussi parce que c'est Peter Knapp. Le lendemain Nicole vient au studio *Elle*, brune au visage d'ange, drôle et volontaire.

Quand je choisis une fille il faut que tout le corps me parle. Que de très loin, je puisse sentir sa puissance. Que la démarche soit assurée. Qu'elle n'hésite pas. Que ses bras, durs comme des baguettes, se terminent en poings vengeurs.

Je veux que la fille sache comment bouger, comment prendre les objets, empoigner un sac, se tenir : s'offrir à la lumière et aux autres. Elle peut porter un jean ou un affreux sweat, si son corps parle, je le verrai. J'aime aussi voir les filles marcher, monter des escaliers. Celles qui balancent les bras avec énergie de chaque côté du corps ont ma préférence. J'exclus immédiatement les pieds qui se regardent, les genoux cagneux, les cous épais et toute espèce de gaucherie. La timidité est un affreux défaut. Il n'y a que Bardot pour incarner cette espèce de perfection, parce qu'elle est actrice et qu'elle sait comment rendre les gens fous. Les mannequins devraient prendre des cours de théâtre mais on les méprise, alors elles se fanent. Un jour Peter m'a dit qu'il préférait les filles qui avaient fait les Beaux-Arts parce qu'elles comprenaient mieux la lumière et ce qu'il cherchait, lui, comme un peintre, à chaque photo.

Devant la caméra Nicole se métamorphose exactement comme je le veux. J'ai choisi patiemment les vêtements pour chacun des personnages. C'est très important pour moi, cette histoire de transformations. Peter capte avec intelligence chacune de ces femmes en Nicole. Il connaît son corps et son style par cœur. Nicole s'amuse ; au moindre trait de maquillage qu'elle applique elle-même, elle devient prodigieusement autre et nous nous amusons ainsi à créer des séries cinématographiques. Nicole ne fait pas jeune fille, elle est tout le contraire, avec quelque chose de brusque et des veines saillantes sur les avant-bras qui la rendent masculine parfois. Les photos sont réussies. Un autre jour Peter la photographie dans un accoutrement blanc de cosmonaute Pierre Cardin avec un chapeau type tube de dentifrice enfoncé sur la tête et une collerette de plumes sur fond bleu turquoise. C'est magnifique. Elle accepte tout, elle aime la vie. Nicole me comprend qui comprend Peter qui aime Nicole. Je crois que les exigences l'excitent. Pourtant je ne sais pas pourquoi elle est si complexée. Elle parle tout le temps de Denise Sarrault ou de Jean Shrimpton, la femme de David Bailey. Nicole est inventive, son génie repose sur son envie de rire et d'être une actrice de la mode. Et puis un jour Hélène Lazareff entre dans le studio où nous attendons Nicole. Alors voilà, voilà, Nicole de Lamargé ne viendra pas aujourd'hui. Peter et moi nous nous regardons sans comprendre. Hélène laisse flotter un long silence. Des larmes roulent sur ses joues. Puis elle prend une grande inspiration, la phrase sort de sa bouche très vite, comme quelque chose qu'elle aurait voulu retenir. Elle dit que Nicole est morte la veille, la nuit de son mariage, dans un accident de voiture au Maroc. Dès qu'Hélène prononce cette phrase je sais que c'est de nouveau la fin de quelque chose, je le sens très cruellement. Je sors au café d'en face et commande deux bouteilles que je rapporte dans le studio où Peter est en train de ranger ses appareils. Il me tourne le dos dans le froid des projecteurs éteints. Nous l'aidons à ranger, Hélène et moi, ses affaires dans des malles.

19

Françoise pense constamment à Elke. « Loin des yeux, loin du cul ! » lui dit Jacques Chazot en tapant sur la table. Françoise hausse les épaules. Elle regarde sa salade. Le goût de l'olive verte, la fraîcheur des tomates rehaussées de grains de sel, tout lui semble d'une grande perfection et cette association évidente l'émeut. Elle voit l'assiette vide, avec les taches d'huile et le jus qui forment un dessin et elle sent les larmes monter, celles de devoir renoncer si vite à un plaisir trop bref. C'est avec Elke qu'elle aimerait être mais Françoise n'a pas envie de s'épancher devant Jacques, en public, ruinant le déjeuner, l'inquiétant inutilement, lui qui ne comprend pas pourquoi la salade de tomates la fait pleurer et qui s'est bien habillé en plus pour la voir, parce qu'il est heureux d'être là avec elle à la Closerie des Lilas. Françoise n'a plus faim. Elle dit qu'elle est fatiguée, Jacques la raccompagne rue Henri-Heine.

« Où est Denis ? — Denis est dans sa chambre. — Il a mangé ? — Je ne sais pas, Françoise. Sûrement.

— Il est seul ? — Non, Teresa est à la maison. — Oui, mais il n'a pas d'amis avec lui. — Non, pas aujourd'hui, je ne crois pas. — Tu crois que je suis une mauvaise mère ? — Non, Françoise, mais peut-être devrais-tu passer plus de temps avec ton fils. — Je le rends malheureux tu crois ? — Je ne pense pas, Françoise. — Je suis sûre qu'il est malheureux, son père lui manque. Je ne sais pas m'occuper de lui. Je n'ai jamais su. »

Sagan se couche sur le dos et attend. Elle espère que le sommeil la guérisse. Jacques reste au salon, passe une tête dans la chambre, « Tu ne veux pas que j'appelle Bernard ? Ça te ferait plaisir de le voir ? ». Françoise ne répond pas. Un premier médecin arrive, puis un autre, Sganarelle et Purgon. Certains lui préconisent de se divertir. D'autres lui donnent une ordonnance d'anxiolytiques : « Seulement le quart, vous croquez et vous remettez dans la plaquette. » Françoise en raffole.

Vers trois heures du matin Françoise se réveille d'un sommeil agité. Au début ce sursaut d'énergie lui procure une joie relative – elle se dit qu'elle pourra enfin reprendre l'écriture. Mais une fois le manuscrit devant ses yeux sa fatigue la rattrape tout en ne la conduisant pas au sommeil. Son imagination est comme embrumée dans des pensées circulaires. Ces réveils nocturnes se répètent, toujours à la même heure – heure à laquelle la soirée commençait pour elle, avant. Françoise pense à Elke, à l'œuvre qu'elle n'a pas réussi à écrire, à Robert, à son fils, mais ces images restent cependant en surface, comme si elle consultait un catalogue ; aucune émotion franche ne la traverse. Françoise aimerait rire, rêvasser, se plaire à quelque chose, n'importe quelle activité – mais petit à petit il n'y a plus rien et Françoise a peur que cela se voie.

Depuis des mois quelque chose la possède, une tristesse insubmersible qu'elle ne peut pas dominer. Elle sent que ses gestes, que sa pensée et que même sa parole sont entravés. En ouvrant un livre, elle oublie immédiatement les premières lignes, incapable de suivre avec attention une intrigue légère. Elle s'y essaie à plusieurs reprises mais, découragée, finit par abandonner ses lectures. Son frère vient la voir avec Florence Malraux. Elle les entend parler, « Elle ne va pas bien, parfois elle pleure, je ne sais pas ce qu'elle a ». Françoise voudrait cacher sa tristesse. Elle voudrait trouver le moyen de disparaître. Arriver à se glisser derrière le papier peint. Vivre sous la table. Vivre sous le parquet. Être dans une pièce sans qu'on la remarque ni qu'on lui pose des questions. Elle voudrait que les visages qui l'entourent, avec cette exécrable expression de pitié, disparaissent avec eux. Il existe pourtant un monde de gens heureux, dans les publicités, dans les soirées mondaines, des gens toujours incroyablement heureux, des familles heureuses, des couples heureux ; tout est heureux, manger un yaourt, traverser la rue, boire un coca, ouvrir un compte bancaire, faire la queue à la poste. Tout se passe comme si le bonheur était la normalité, un état naturel alors que le sien était toujours en fuite.

À ces angoisses indéfinies s'ajoutent celles de sa conscience d'artiste. Guy Debord a publié *La Société du spectacle*. En mai une révolution estudiantine a lieu, propulsant la France dans une liberté inédite. Des CRS ont passé un mois à écraser les foules. Des barricades ont été montées partout. La rue se pare de mots de toute beauté, d'ailleurs la beauté est dans la rue. Affiches aux Beaux-Arts. Graffitis perdus. Cours, camarade, le vieux monde est derrière toi. La police vous parle tous les soirs à 20 heures. Mur blanc = Peuple muet. Nous sommes tous des enragés ! Tout est politique. Vivre sans temps mort et jouir sans entrave.

À Prague la dictature communiste se fissure. De l'autre côté de l'océan Andy Warhol peint ses séries de Mao Zedong. Autour d'elle la société tremble, fleurit, une énergie prodigieuse soulève la jeunesse. Ses lecteurs ont-ils toujours envie de décors bourgeois, de triangles amoureux et de soupirs d'ennui ? Jacques D. travaille comme un fou. Il a créé pour Jacques Heim un final extraordinaire : quinze mannequins en tenues de CRS en satin blanc et en guêtres couvertes de strass. Humour, scandale, presse, esclandres. Lorsque Françoise se risque à sortir, des crises d'anxiété la saisissent : peur d'être volée, pillée, ruinée ou diablement seule. Elle regarde frénétiquement dans son sac pour y retrouver ses clés de voiture, ses clés de maison. Elle peut répéter le geste dix fois sur son parcours. Ces balades sont très fatigantes, alors elle passe la plupart de ses journées à regarder le plafond, allongée sur le lit avec ses chaussures. L'air est si lourd qu'il lui semble l'envelopper comme une mer ; de très loin, loin de son petit corps affaissé, elle perçoit parfois des sons et des lumières, comme si elle observait la vie depuis le hublot d'un sous-marin.

Pendant les mois qui suivent le départ d'Elke, Françoise lutte encore, s'essaie à différents stratagèmes. D'abord, apprendre les mimiques qui exprimeraient « la joie », « l'écoute attentive », « le sourire bienveillant ». Mais ses amis se rendent vite compte de sa bizarrerie. Françoise décide alors de prouver au monde qu'elle va bien, qu'elle veut faire la fête, que tout est comme avant, allez ! Allez.

20

Où que j'aille je sais que je peux te retrouver dans la nuit, c'est devenu une espèce de chasse – mais où ? Je te cherche encore, sur les banquettes, sous les lustres, petit point blond agité et secoué de rires, mais plus je te cherche plus tu sembles te raréfier – et j'arrive à me persuader que tu veux me fuir. Dès que je tourne le dos tu disparais. Personne ne m'intéresse sauf toi. Je rencontre Claude Brasseur dans un bar à la mode. Il me parle tout de suite de la guerre, du fait qu'il a passé trois années à côtoyer la mort entre Oran et Alger. Qu'avant il ne connaissait pas la peur mais qu'il sait aujourd'hui qu'elle ne le quittera plus. Autour de nous il y a la musique et le bruit et les gens et je ne les entends plus, je fume pour m'occuper, pour éviter de parler. Claude est différent des autres comédiens que j'avais l'habitude de rencontrer, timide dans la vie, j'aime tout de suite ses yeux noisette et le grain de beauté qui s'est posé près de son nez. Je devine qu'il est enfant unique, chez les enfants uniques il y a toujours une forme de résignation outrée. Je décèle dans leur regard les heures incalculables d'ennui, en compagnie des adultes, à attendre que les après-midi passés à table se terminent. Et les promenades absurdes, ensuite, pour aller nulle part. Le calme imposé. Les conversations des adultes. Ce sentiment aussi d'être justement *unique*, avant de réaliser que l'on est tissé de lieux communs.

Claude a été baladé entre sa mère et son père. Il porte un nom qui n'est pas le sien et qui se transmet ainsi d'acteur à acteur depuis des générations. Il s'apprête à jouer dans le film de Franju qui deviendra *Les Yeux sans visage*. Il sait que je travaille pour Givenchy, me dit que Franju hésite encore pour les costumes du personnage principal, une jeune fille défigurée qui porterait un masque, et je suis éblouie par cette idée. Nous en venons à parler de mode, je lui raconte mon quotidien de mannequin-cabine, je pense l'ennuyer mais ça le passionne. Il me pose des dizaines de questions, « Combien d'heures vous restez debout comme ça ? », « C'est quoi le *flou* ? ». Quelques semaines plus tard Hubert de Givenchy propose à Franju de créer les robes du personnage joué par Édith Scob. Givenchy aime le cinéma, il a déjà fait des costumes pour John Huston et Billy Wilder. Quelques semaines plus tard je vois arriver Édith Scob chez Givenchy. Elle se transforme en fée sur les marchepieds, si frêle qu'elle en tremble. Je réalise que Givenchy invente des robes irréelles et le cinéma est le lieu pour les porter, la robe compose le rôle en même temps qu'Édith. Nous la voyons devenir, jour après jour, au fil des essayages, l'ange vengeur qu'elle incarnera.

Comment se faire aimer ? Cette question obsède Claude en permanence sans qu'il ne la pose. À chaque fois qu'il se confronte au monde, signe un contrat, prend place devant la caméra ou sur une scène, il la pose et se la pose encore. L'intensité de son jeu, l'ardeur exceptionnelle qu'il met à préparer ses rôles, puise son élan, il me semble, dans cette question initiale. Avec lui j'apprends à observer les gestes, les intonations de ceux qu'il rencontre. Le corps parle, il parle énormément ; des épaules droites, un poignet qui se casse, le regard fuyant, un nez hautain et vous avez une naissance, une vie et un destin. Claude est doté d'une écoute particulièrement attentive, avec ses yeux qui semblent fouiller l'âme humaine. Les gens se sentent bien en sa compagnie parce qu'ils se savent vraiment entendus. Je suis moi aussi transpercée par cette intensité qui m'oblige à ne plus mentir. Il me demande où je vis, je réponds très vaguement, insiste de nouveau, je suis coincée. Il me *voit*, je le sens, et pardonne mon personnage. Je parviens même à t'oublier, à me convaincre que je peux vivre sans toi. Quand nous nous marions Claude et moi, le 27 mars 1961, c'est à tout cela que je pense, au fait que Claude ne se laisse pas duper, que si la vie est une guerre nous pourrons la traverser ensemble. La famille, la sienne, la mienne nous regardent comme des enfants irresponsables. Les hommes que j'épouse sont des guerriers qui n'aiment pas la guerre. Personne, à la mairie, ne croit à ce mariage. Nous emménageons ensemble quelque temps plus tard dans un appartement près de la Seine, je suis de nouveau une femme mariée.

Dans les années qui suivent je ressens toujours un malaise lorsque je retrouve Claude sur les écrans ou au théâtre, mais encore plus au cinéma. Je reconnais les moindres intonations, les jeux de regard qu'il reproduit à la maison, dans cet appartement familial où nous vivons, le sien, et où je ne suis jamais chez moi. Je suis époustouflée par le film de Franju que je découvre bien après notre rencontre, et ce saut temporel a déjà quelque chose d'étrange. Moi aussi j'ai l'impression d'enfoncer, parfois, mes petits pas blancs dans la forêt noire. Mystère de Claude aussi dans *Bande à part*, avec ce jeu physique d'une douceur de pastel. Je me demande en permanence ce qui relève de la vérité. Est-ce que Claude ne serait pas plus près de lui-même lorsqu'il joue ? Quelque chose ne m'appartient plus dès l'instant où, assis dans les salles de cinéma, nous sommes des centaines puis des milliers à le regarder d'aussi près que je le fais quotidiennement.

En revoyant *Bande à part* quelques années plus tard je suis frappée par la souplesse de son corps, sa manière de se jeter par terre pour mimer la mort, avec cette présence de danseur qui maîtrise parfaitement son ardeur. Je n'ai jamais vu Claude aussi à l'aise que dans ce genre de scène, quand il touchait de près aux états limites, si loin de sa gentillesse apprivoisée, peut-être.

21

La scène se passe dans un bar si étroit que les gens sont pressés les uns contre les autres. Peggy se tient dans ce couloir et voit tout au bout un point de lumière en robe fourreau, cigarette et perles. Reine araignée posée dans ce carré de nuit enfumé et joyeux. Silhouette délicate et puissante. Sans cesse sollicitée. Il y a la grande main de Françoise qui vient dégager ses cheveux blonds et son regard chargé et noir, sans aucune expression de sourire. Un regard de garçon, viril et vénéneux. Cette fois Peggy sait que cette nuit est le moment initial, que personne, enfin, ne pourra les séparer. En s'approchant, Peggy lui présente Peter Knapp et Françoise Jacques Chazot et Bernard Frank et puis il y a ce silence affreux entre eux, avec leurs sourires pleins de sous-entendus. « On m'a dit que vous aimiez le jerk, est-ce vrai ? » Françoise dit qu'elle préfère aller chez Régine et Peggy n'entend pas sa réponse, d'abord parce qu'il y a des musiciens qui jouent très fort avec une batterie qui fait tsss-tsss-poum, tsss-tsss-poum et aussi parce qu'elle est dans l'anticipation de ses réponses pour mieux empiéter sur la question suivante. Elle craint de l'ennuyer avec sa conversation stupide sur les gigolos du Speakeasy et ceux du Tabac des Sports – et Bernard Frank qui s'en mêle, ne se gênant pas pour donner son avis en dissertant longuement sur ses préférences. Lorsqu'il finit par interroger Peggy sur Claude Brasseur, Françoise lui indique fermement qu'il n'est pas nécessaire d'insister. Elle pourrait le gifler, pense Peggy en le regardant dans les yeux alors qu'il continue à la provoquer comme un gosse désespéré.

Vers deux heures du matin le miracle se produit : Françoise et Peggy se retrouvent seules, délicieusement seules sur le trottoir de la rue du Sabot avec une envie folle de rester là et la certitude qu'une grande nuit commence. Cette solitude les soulève d'une joie interdite, entendue. Elles atterrissent presque en courant au Prélude, une autre boîte de nuit de Saint-Germain-des-Prés. Peggy mesure, à chaque pas, une nervosité chez Françoise qui la ravit. Tout se passe comme si la pensée de Peggy avait longtemps été dirigée par la promesse de ces heures à venir ; qu'après cette première étreinte, elle n'aurait plus aucune raison de vivre, la remplissant d'un bonheur au seuil de l'évanouissement.

Françoise mène clairement la danse avec sa franchise de garçon. Elles parlent des défilés, attablées sagement malgré l'heure avancée. De Françoise sur les podiums, « Surtout les bérets, il faut arrêter ! Vous avez commencé une collection ? — Oui, enfin, je travaille surtout avec quelqu'un. — Qui donc ? — Jacques Delahaye, vous l'avez rencontré une fois je crois. — Bien sûr. » Par une fois Peggy voulait dire cent. Françoise dit que tout ça, la mode, le sérieux de la mode, quelle mascarade quand même. Quand Françoise passe l'anse de son sac sur son épaule pour partir, Peggy réalise que s'arracher à sa présence est d'une violence irrationnelle. Pour la retenir il lui faut l'entraîner vers encore plus de romanesque. Françoise la suit dans sa voiture jusqu'au Carrousel de Montmartre où un travesti les accueille, « Salut les fillettes ! », bisous sur la bouche, musique. On entre s'étourdir dans l'alcool, la drogue, la musique, le tabac, le bruit, le spectacle, les plumes, la lumière, les bas résille, les robes synthétiques, les soutiens-gorges rembourrés, les perruques, les porte-jarretelles, les éclats de rire, les lèvres maquillées, les faux cils. Ici la robe n'a jamais été aussi puissante, à la fois disgracieuse et *cheap*. Les vêtements sont faits pour déclencher le rire mais ce n'est pas tellement drôle. On sent chez les artistes un tel soulagement à pouvoir enfin devenir quelqu'un d'autre, et trouver un public qui non seulement ne les condamne pas mais en redemande. Dans cette nuit si festive et gaie, adjectif dont Françoise abuse, le Carrousel de Montmartre est un carnaval, une célébration des masques. Et dans cette célébration grotesque qui conjure la mort, pour une fois Françoise ne va pas fuir la main ou le regard, ignorer qui est Peggy. Sur la scène quelqu'un lance :

« Alors comment ça va ma p'tite bande de pédés ? » et Peggy pense : je suis parmi eux, moi aussi je suis pédé.

Cette nuit-là lorsque Peggy a croisé son reflet dans la glace des W.-C. il lui semblait qu'elle reconnaissait à peine ses traits nus sous le crayon des yeux et le rouge légèrement bleuté des lèvres. Là où on accède à des vérités qui ne l'effleurent pas à jeun, Peggy réalise qu'elle use depuis longtemps, elle aussi, d'artifices, comme ces garçons-filles qui criaient de joie de l'autre côté du mur. En sortant des W.-C. Peggy a prononcé cette phrase de manière presque autoritaire, « Ma voiture est devant », Françoise a répondu « Moi aussi ». Elles sont montées dans celle de Françoise qui allait plus vite. « Cet amour pour la célérité, ce n'est donc pas une légende », a dit Peggy en ouvrant la fenêtre alors que cinq minutes auparavant elle scrutait Françoise dans une inquiétude dissimulée. Dans cette voiture elle entre à la fois dans un tombeau et dans les années à venir. Peggy était fière de réussir ce tour de force, confortablement assise dans la Maserati vrombissante. « Tournez ici. — Je sais. »

22

Tu as ce petit nez en trompette que j'aime embrasser, ces cheveux qui glissent entre mes doigts, ce parfum de miel dans les plis, tes mains qui viennent enfin me cueillir, un appétit de chaleur, des gestes adroits, des cils fins, un nombril niché dans un creux, des seins émouvants d'une douceur d'oiseau. J'aurais voulu que tu ne te vêtisses plus, te voir marcher ainsi dans les maisons et les villes, observer ta peau se marquer de frissons ou de gouttes de pluie. J'aurais voulu que tu travailles nue à mes côtés, te refuser ce pull que tu exiges pour te couvrir. J'aurais voulu ne surtout pas répondre à ta demande lorsque tu m'as demandé de t'habiller, de te conseiller, de trouver avec toi un style qui te conviendrait. Tu as ce petit corps sur lequel les vêtements tombent droit et qui met en valeur la coupe juste, sans s'embarrasser de ce qu'il faut corriger. Un corps intelligent, aux jambes intelligentes, avec un dos étrange aussi. Les dos des danseurs sont mes préférés, parce qu'ils mettent la tête en valeur comme un bijou ; le tien me plaît totalement. Quand je t'habille,

Françoise, je n'ai pas envie de te cacher, ni que tu excites immédiatement mon désir. Il me fallait te saisir dans toutes tes contradictions pour te composer une grammaire de soie. J'ai envie que tes mouvements soient amples, que tu puisses conduire vite, écrire en te sentant désirable. Que la fine couche qui te recouvre – blouse en shantung bleue, pantalon marron noir, gilet en jersey gris, manches gansées avec boutons-pressions – soit une représentation du chic que tu incarnes par ailleurs. Même en dormant, j'aime que tu sois recouverte de soie. Tu es passée du polo à rayures de chez Madame Vachon aux chemisiers rose poudré. C'était beaucoup plus qu'un changement de garde-robe. Tu admettais ces codes à l'égard desquels tu as été longtemps rétive. Je n'ai jamais cru en ta désinvolture sur ces questions. Coup de génie de cet imprimé panthère trouvé à vingt ans et qui te va toujours à cinquante. C'est toi : animal ronronnant au soleil, dangereux comme un fauve. Il te fallait à la fois de la douceur et des détails qui surprennent comme un coup de fouet.

C'est un long travail avant d'arriver à trouver les vêtements qui vont correspondre au corps qui nous a été donné, avec son grain de peau, sa silhouette. On pense que le style est inné alors que cela met bien souvent des années avant de trouver la coupe, la couleur qui vous sied vraiment, les matières parfaites. Certaines femmes ne sont pas assez regardées, ou oublient vite qu'elles le sont. Le vêtement c'est aussi le lieu de l'ordre et du désordre ; une épaule découverte et c'est une invitation au crime, on veut tout enlever. Parfois j'imagine que celles que j'habille deviennent une architecture, un monument sur lequel l'œil s'égare. Entre les voûtes, les ouvertures, l'angle d'un chemisier, le regard se faufilerait et composerait sa propre image, une beauté d'ensemble dont le corps serait la pièce principale.

J'aimerais que le style dise la beauté qu'on ne peut pas exprimer autrement. Que les habits donnent le la. Qu'ils trouvent un écho à une vision plus secrète de soi. Mais au fond l'entreprise est vaine ; le style nous préserve du monde, et je sais bien qu'il nous permet d'avancer masqué, comme tu le fais avec la littérature.

Il y a des corps de femmes âgées, ou déformés par la vie, la maladie, le malheur, bien plus puissants que ceux des jeunes filles. Je suis toujours fascinée par la coquetterie des femmes d'un certain âge. Longue habitude entretenue ? Libération des contraintes du désir, qui leur permettrait enfin de s'habiller comme elles le veulent ? Revanche tardive ? Veuvage heureux ? Il y a aussi celles qui jettent leur dévolu sur des parures excentriques, s'excluant volontairement des critères du beau. Cheveux mauves, robes trop courtes, diamants de pacotille, petits chiens affublés de manteaux en satin rose… Pourtant elles ont l'air parfois plus heureuses que les mémés serviables pendues au bras de leur mari bedonnant.

J'ai cru longtemps que la mode détournait les femmes du pouvoir, de la politique. Qu'elle les obsédait pour mieux les distraire de la marche du monde, des décisions que l'on prenait pour elles. Qu'en valorisant des sujets comme l'apparence, l'hygiène, le maquillage, l'entretien de la maison, l'éducation des enfants, au sein de magazines ou de médias faits pour elles et qui ne s'adresseraient qu'à elles, elles finiraient par *sincèrement* s'y intéresser. Qu'en obéissant à ces injonctions elles y recevraient des compliments et des regards louangeurs, qu'elles comprendraient ainsi qu'elles sont exactement là où on les attend. Mais peut-être est-ce aussi le contraire : la mode est un sujet secondaire parce qu'il concerne et intéresse les femmes ; et que dès que cela les préoccupe, l'objet de leur intérêt est méprisé ou suspect.

Une semaine après la nuit du Carrousel, tu m'emmènes au manoir du Breuil, en Normandie. Tu tiens absolument à me montrer cette maison. Tu conduis de manière précise, concentrée. Je m'assois à ta droite, j'occupe la place du mort. L'autoroute n'existe pas encore. Nous croisons des caravanes et, à minuit, au milieu de la route, posé en travers comme un corps étendu, se trouve un arbre énorme, étrangement déraciné. L'arbre nous bloque de tout son long : nous voilà isolées à quelques kilomètres de la maison. Tu coupes le contact, je sors inspecter l'objet et l'enjambe avec mes petits talons en pestant. Tu pouffes de rire, m'observes me débattre dans la lumière des phares, amusée comme toujours par toute situation devenant motif de roman. Isolées de toute civilisation, nous marchons jusqu'au manoir. Pendant plus d'une heure nous longerons une rivière éclairée par les étoiles.

La première fois que j'ai aperçu de loin, au bout du chemin du Grand Clos, la maison du Breuil, c'était cette nuit-là, la voiture abandonnée plusieurs kilomètres derrière. On a raconté partout que tu avais acheté ce manoir à huit millions de francs le 8 août à huit heures huit du matin en misant sur le huit. Je n'y ai jamais cru.

Un étrange culte païen entoure les écrivains plus que tous les autres artistes. Il y a un désir presque gnostique de croire que les héros de la littérature s'apparenteraient aux dieux. Qu'ils seraient habités par une force qui les dégagerait du monde terrestre. Même une fois leur journée terminée, loin de la discipline acharnée que l'écriture exige, ils continueraient de vivre en poète, comme des sorciers habités par des dons étranges. Tu as peut-être acquis Le Breuil tel que cela a été raconté, et des miracles se sont peut-être vraiment réalisés grâce à la Vierge noire de Rocamadour. Il est aussi possible que tu aies acheté ce manoir dans un cabinet gris du Havre, chez un notaire sans histoire. Il y a quelque chose d'assez curieux dans cette passation des légendes autour de toi, dans le plaisir que l'on a de les raconter sans que personne n'ait envie d'en vérifier la véracité ; comme si le désir du miracle dominait, que le roman devait se substituer à la vie pour devenir la vie même, que cette part de magie nous était essentielle.

Avec toi les choses vont toujours très vite. Un mot de toi et je changeais de vie, je quittais ce que j'étais pour entrer dans la tienne, y résoudre des énigmes. Un seul geste glissé et j'entrais de plain-pied dans le roman. J'ai entrepris le vrai chef-d'œuvre de ma vie à quarante-cinq ans, quand on pense n'intéresser plus grand monde.

Les débuts sont difficiles. Je ne sais pas toujours m'y prendre. Ton système est déjà en place. Tu m'y entraînes, exigeant dévotion et discrétion, exactement en même temps. Tu voudrais que je sois à tes côtés puis que je disparaisse aussi spontanément. Je ne comprends pas toujours ce qui te convient, je résiste longtemps.

Je quitte Claude sans passion. Je trouve un appartement rue Jean-de-la-Fontaine, nous décidons d'y vivre avec Jacques D. Il occupe une chambre et moi l'autre, mais pas toujours. Le salon devient un atelier où il coud, patiemment, des robes sur mesure pour les dernières élégantes. J'ai trouvé aux puces une grande colonne années trente qui renferme notre collection de whiskys. Je dépose, une fois par semaine, des fleurs blanches sur les tables basses du living. Quand je quitte l'appartement pour aller déjeuner avec toi j'ai l'impression que nous vivons en couple, Jacques et moi, et cette sensation de normalité n'est pas désagréable. J'ai droit à des commentaires lorsque j'évoque ton nom, Jacques sait maintenant. Je retrouve Peter sur les shootings ou chez lui, passage Choiseul, où il vit et travaille, comme on le dit pour les artistes car c'est toujours une seule et même chose. Ses deux ateliers donnent sur une cour comme Paris en renferme des millions, pots de fleurs, local poubelle et pavés. Devant, sous le passage couvert, il y a une boutique vide et Peter me propose de l'occuper, pour y vivre ou en faire quelque chose, une boutique ? Un atelier ? Je sais que Tan a commencé à faire des sahariennes pour Micmac, comme Saint Laurent, et que les choses marchent bien pour lui. Il vend aussi beaucoup de pantalons en coton et polyester pour les femmes qui ont autre chose à faire que d'aller à la teinturerie.

Les pièces de couture intéressent les collectionneurs et j'en ai des milliers, sans oublier celles de Tan qui ne se vendent plus, des débuts de Micmac. J'en parle à Peter qui me propose d'ouvrir passage Choiseul un bazar comme celui de Mary Quant sur King's Road, à Londres. On a raconté qu'elle nous aurait piqué l'idée de la minijupe, je lui prends celle de son bazar.

Au début des années soixante-dix les Parisiennes viennent timidement passage Choiseul, on n'a pas tellement idée de s'habiller dans une fripe pour y dénicher de la haute couture. Mais rapidement les femmes affluent, et de plus en plus loin, pour trouver des pièces rares qu'elles paient parfois très cher. Les filles des « bons magiques » du *Elle* m'envoient la marchandise invendue pour renflouer les stocks. Parce que j'ai accumulé depuis près de vingt ans des fins de collection, des cadeaux de couturier, des invendus, des restes de défilés, la boutique déborde de trésors et de raretés, de robes de musée. Nous avons de nouveau de l'argent pour sortir avec Jacques qui s'est mis en tête d'ouvrir une boutique sur la place Saint-Sulpice.

Un matin Jacques me réveille, il a mis un tablier et prépare des œufs. J'ai très mal à la tête. Il me demande si j'ai des nouvelles de Denise Sarrault, je lui dis qu'avec tous ses voyages pour la Chambre syndicale de la Couture on ne la reverra pas de sitôt. Jacques a tourné le bouton de la radio et après le bulletin météo l'animateur reprend l'antenne et c'est ta voix que j'entends, celle avec laquelle j'étais encore la veille. Jacques me regarde avec intensité. Tu annonces, dans cette émission de grande écoute, que tu comptes t'expatrier en Irlande avec ton nouvel ami Massimo Gargia parce que les écrivains paient trop d'impôts en France et que tu trouves cela bien malheureux ! Puis que tu vas épouser Gargia et lui donner des enfants. Jacques rit, il dit que tu es complètement zinzin. Je le sens étrangement soulagé par cette nouvelle. Il glisse dans mon assiette les œufs que je ne mange pas.

23

1971

Massimo Gargia parle d'amour, de vice, de péchés, d'anecdotes gourmandes et entraîne Françoise en Italie, dormir sur son yacht. Pour une fois Françoise se laisse inviter, elle aussi aime recevoir des fleurs et des bijoux. Mais sur le pont d'un yacht ou sur les plages, dans les restaurants et même en dansant, Françoise s'assombrit. Le plus souvent elle observe la fête se dérouler à distance, elle regarde les silhouettes danser jusqu'à ce que quelqu'un lui demande : mais alors, qu'est-ce qui se passe ? Rien, il ne se passe rien. C'est le mot le plus juste de tous ceux qu'elle chérit dans la langue française et pourtant, elle en connaît un rayon. Françoise se sent dégagée de toute souffrance lorsqu'elle regarde les autres s'agiter, avec cette façon de vouloir se libérer tout en cherchant le regard et les bras. Certains ont une manière maladroite de se servir de leur corps sans le maîtriser, exhibant une sensualité soudainement si visible.

En août Françoise part en Irlande avec Denis et Massimo, peut-être pour toujours. Denis aussi aime les paysages blanc et vert du Connemara, les maisons en pierres noires posées dans les collines. Il marche seul sur les plages, frappe, du haut de ses neuf ans, dans un ballon imaginaire. Sur les sentiers, dans la campagne verdoyante, sous le gris des nuages, des falaises et de la nature changeante, tous les trois découvrent des paysages qui semblent ne pas avoir connu la main de l'homme. Massimo est moins sensible au charme irlandais et rentre en France avant la fin de l'été, mais Françoise est de plus en plus convaincue. Et puis, Peggy attendra.

Dispersés dans les collines rocheuses, des vaches, des moutons, des chevaux mâchent calmement une herbe grasse. Dans un coin isolé du comté de Clare, Françoise trouve une jolie demeure en pierre recouverte de lichen ; on aurait dit une maison de sorcière protégée par les ifs et les toiles d'araignées. Vivre ici ? Partout des vestiges de tours carrées, de châteaux moyenâgeux construits pour se mesurer aux vents, aux tempêtes, à la pluie, aux attaques, se dressent fièrement dans des champs abandonnés. Les routes étroites tracent de délicats sillons dans cette nature préservée des exploitations. Il y a si peu de voitures, si peu d'aventuriers ou de curieux, que Françoise a le sentiment d'explorer avec des yeux neufs un territoire vierge qu'elle pourra chanter dans ses romans – avant de se rappeler en rougissant que c'est aussi le pays de Joyce et de Yeats.

De jour en jour, le dessin dramatique des côtes noires la ramène à la vie. Les parois invitantes et friables, qui cachent les paysages les plus bouleversants, la gardent à un pas de la mort. Perchés dans les collines, des cimetières aux croix celtiques rongées par la mousse regardent les rares promeneurs qui s'aventurent jusqu'à eux. À cette ferveur catholique se mêlent des légendes tenaces ; en s'y attardant, les forêts semblent vraiment habitées par des dieux-cerfs.

Un après-midi dans un pub de Galway où Françoise échoue parfois, les clients ont bondi vers le fond de la pièce. Le cafetier se précipite aux fenêtres pour fermer les volets et tirer les rideaux. Puis il verrouille la porte du pub à double tour. Alors Françoise pense que la fin est vraiment arrivée, celle qu'elle pressent avec une acuité excessive depuis le début de la guerre froide. Tous les jours, des attentats frappent le nord du territoire, et des tirs isolés terrorisent le pays. Cela devait bien arriver un jour. Comment pouvait-elle vivre ainsi, dans l'indifférence généralisée ? Quelques minutes auparavant, elle avait observé les clients porter avec plaisir des fourchettes de stews, de chowders, de tourtes et de puddings à leurs bouches. Tous riaient, buvaient et parlaient de choses badines, et leur insouciance la renvoyait à sa propre obsession de la mort. Comment peut-on vivre de manière aussi naïve, persuadés, tout à nos occupations, que cette guerre ne nous atteindrait pas ? Elle repense à la peur permanente, au rationnement, à la violence, aux alarmes, et plus globalement à la fin de la culture. Elle pense aussi à Peggy, à ses cuisses de soie. Peggy dont la main chaude lui offre quelque chose qu'elle ne peut pas recevoir. Peggy dans les phares. Peggy au manoir. Peggy avec des bagues.

Le serveur a rejoint les autres clients qui, entassés au fond du café, ont peu à peu repris leurs conversations. « What is going on ? » On lui répond qu'il y a des obsèques, elle répète les mots *funeral procession*. Une fois le convoi passé, le serveur ouvre les volets, déverrouille la porte, et les éclats de rire se font à nouveau entendre. Françoise décide d'abandonner son projet de vivre en Irlande.

24

Je suis heureuse et confuse quand tu m'appelles à ton retour d'Irlande. Je me rappelle de ta voix, avec la même diction précipitée qu'au début, celle entendue la première fois dans le bureau de Lazareff. C'est l'automne ; des feuilles jaunissent au balcon de l'appartement de la rue Jean-de-La-Fontaine. Jacques D. est venu dans le salon, il fait semblant de fouiller dans les tiroirs mais écoute notre conversation, je le sais.

Nous ne savons pas encore qu'il s'agit d'un début, du début de notre histoire. Non, l'Irlande, ce ne sera pas tout de suite. La guerre ? Oui. Massimo ? Oh vous savez. Des problèmes d'agendas. Moi ? Très bien, Jacques vous embrasse. Je dois aller au Bazar du passage Choiseul. Vous aimeriez m'accompagner chez Tan ? Il organise un gin-rummy, derrière les Invalides. Tu acceptes spontanément. Je raccroche, Jacques me dit : « C'était Françoise ? » Je sens qu'il se crispe. La soirée qui suit est délicieuse ; chez Tan Françoise et moi sommes protégées dans une famille parallèle. Ce soir-là nous rencontrons Yves Navarre habillé en femme, il vient d'inventer ce personnage de Lady Black que l'on retrouve dans ses romans, avec cette ambiance de cuir mouillé des backrooms. Au retour dans la nuit tu me prends la main en pleine rue et ce détail anodin m'apparaît alors plus cru que n'importe quelle littérature SM.

Nous passons l'été suivant au Breuil avec Denis. Nous marchons sur les plages sans but ni notion du temps. Le soleil nous guide. Parfois tu t'arrêtes pour regarder l'horizon. J'attends la fin de ta rêverie. Je vais nager pendant des heures, je crie : « Elle est bonne ! » même si l'eau est glacée et noire. Tu es debout sur la plage, poings sur les hanches. J'agite mon bras, je vois ta petite main me répondre et ça me suffit. Je surprends Denis qui m'observe, une fois, caché derrière les dunes.

Parfois tu refuses de te lever de la plage, ton corps devient aussi immobile qu'une statue. Je n'ai jamais peur de ton regard vide ou de ton ingratitude. Je ne demande rien. Nous retournons au manoir avec le panier de provisions. Tu serres contre ton cœur des livres déjà lus.

Je t'entends te lever la nuit, faire les cent pas, ouvrir un tube de médicaments, te recoucher, tourner dans le lit qui grince, te relever encore. Tu dors, tu te drogues, tu manges des choses liquides, des semoules, des bouillies, du yaourt, du lait chaud, une diététique d'enfant. J'ai l'impression que tu deviens infrahumaine, une sorte de fantôme qui s'oriente au son des chouettes, des insectes, des brindilles et du vent.

Je sais que tu retrouveras des instincts oubliés ; que tu as, dans cet espace de folie si près de la raison, une appétence puissante pour la lumière. Nous sommes restées en Normandie plus longtemps que prévu. Je ne savais pas si l'on s'inquiétait de mon absence, à Paris. On est si vite remplacée.

Un matin de juillet j'ai entendu le cliquetis des touches sur la machine à écrire. Je ne te poserai jamais de questions, ni à ce moment ni à un autre, sur le livre en cours. Quelques heures plus tard tu m'as demandé de t'accompagner à la mer. Après une heure de marche tu t'es arrêtée, tu as levé l'arête de ton nez vers le soleil. Il était midi. Tes cheveux blonds et courts se sont soulevés à la première brise. Nous savions que tu étais guérie.

Je suis allée faire préparer un plateau de fruits de mer et l'ai transporté dans ma voiture. Tu étais toujours au même endroit, debout, le nez en l'air. Nous avons dégusté des crabes et des huîtres sur le sable, avec du vin blanc. Pour la première fois depuis des semaines tu mangeais des choses solides. Un mois plus tard, alors que nous lancions les valises sur la plage arrière de ta voiture, tu m'offres le manuscrit d'*Un profil perdu* qui m'est dédié.

25

1976

Françoise vient de trouver une jolie maison rue d'Alésia. Le plaisir des jours, l'organisation foutraque de cette maison bordée d'acacias, son animation ininterrompue, ses visites incessantes d'amis, finissent par réanimer le corps, l'esprit et l'écriture de Françoise. Peggy, à la fois sorcière et fée, donne au temps sa formule amoureuse.

Peggy y vient comme un fantôme, d'abord discrètement puis s'imposant parmi les amis de Françoise, devenant peu à peu une figure familière. Pour aider Françoise à s'installer, Peggy achète des guéridons chez des antiquaires et des fauteuils confortables assortis au canapé. Elle cherche, dans les albums mal rangés, les photos de famille de Françoise à plusieurs âges (« C'est vous, là ? », « Et là ? C'est votre mère ? », « Ah c'est votre sœur ici, on la reconnaît tout de suite ») et en glisse quelques-unes dans de jolis cadres qu'elle accroche aux murs, ou qu'elle laisse debout dans la bibliothèque. Peggy veut que Françoise soit entourée d'amour, que des visages aimants la regardent vivre. Françoise veut s'enfermer ? Ne plus écrire ? Faire l'enfant au casino ? Soit. La table, le soir, est toujours mise comme pour une fête. Peggy relève aussi le courrier, déchire les enveloppes, trie les lettres par petits paquets sur une table à l'entrée. Monte, dans la chambre de Françoise, un jus de pamplemousse. Dépose des fleurs dans des vases, toutes sortes de bouquets. Cache des paquets de cigarettes dans chaque coin de la maison pour que personne ne manque de rien. Prépare, avec Teresa, le dîner des six convives qui viendront le soir.

Le week-end elles vont au manoir du Breuil. Des amis les accompagnent, d'autres arrivent le dimanche pour déjeuner. Parmi eux, des relations amères, des visages que Peggy soupçonne de traîtrise. Quand Françoise passe son temps dans sa chambre à écrire, Peggy reste au rez-de-chaussée avec les autres, disputant d'interminables parties de gin-rummy. Que fait Françoise ? Tout le monde s'en fiche. Personne ne se soucie plus, depuis longtemps, de son écriture. Ses livres existent tels qu'ils sont offerts, presque comme s'ils s'écrivaient seuls – une parole donnée. Rares sont ceux qui sont sensibles aux rouages de leur fabrication. Pourtant, dans sa chambre où elle devine l'agitation de sa maison, Sagan cherche encore à écrire un bon livre, à procurer à ses lecteurs les vertiges qui ont bouleversé sa vie. Elle veut faire ce livre total, dans lequel et à partir duquel on pourrait retrouver tous les autres. Elle aimerait que les mots enflamment ses lecteurs avec des images qui succéderaient à la fureur. Même en étant parmi les autres, Françoise continue de vivre en littérature, se déportant d'elle-même, écrivant la narration de sa vie comme des tableaux romanesques : « Jeune fille au chapeau lisant à la plage. » « Couple marchant dans la pénombre. » « Ennui voluptueux sur les plages de Saint-Tropez. »

Peggy n'entre jamais sur ce territoire. Françoise ne la fascine pas. C'est peut-être aussi parce qu'elle ne s'intéresse pas beaucoup aux livres qu'elle l'aime autant. Sagan au casino, auréolée de sa couronne d'écrivain sulfureux ? À d'autres. Elle connaît le quotidien de la travailleuse et les fins d'après-midi de lassitude, quand Françoise s'installe à côté d'elle sur le canapé pour regarder *Les Feux de l'amour*. Le labeur n'a pas d'éclat. Il n'intéresse personne. Qu'un écrivain produise son œuvre en dix ans ou en dix jours, cela n'a aucune importance. Pourtant il y a toujours une sorte d'excitation autour de l'écriture, de la vie du livre et par le livre. Françoise rôde autour, quand elle s'y met on ne la voit plus. Si elle s'adonne à d'autres activités, Peggy sent chez Françoise une certaine colère. Elle dit qu'elle a déjà dépensé les à-valoir de ses deux prochains livres, qu'il y a ainsi comme une fuite dangereuse vers le livre à venir pour la pousser, lui faire peur. Bien sûr il y a toujours un commentaire, quelqu'un pour trouver cette activité superficielle. Peggy ne sous-entend jamais cela. Peggy laisse Françoise travailler. Celle qui aime le moins la littérature est aussi celle qui l'encouragera le plus.

Au milieu du mois de mai Françoise sent une douleur se creuser entre ses côtes. Elle écrase sa cigarette, dit à Peggy qu'elle monte se reposer. Le lendemain matin, Peggy tombe sur Françoise couchée par terre au milieu du salon. Françoise sera de nouveau alitée, perfusée et opérée d'urgence, cette fois pour une pancréatite. On trouve alors un remède parfait pour la soigner : du Palfium. Françoise jubile, les ordonnances vont tomber, enfin ! Peggy proteste auprès des médecins qu'elle juge irresponsables mais on la renvoie fermement dans le couloir de la clinique. Retour du Palfium. Condamnation du Palfium. La drogue tout le temps qui vient la chercher, trouve son petit chemin, entre par la fenêtre et grimpe jusqu'à ses veines. Interdite d'alcool ? Pas de problème.

Françoise se rassure en pensant aux nouveaux alliés qu'elle fréquentera. Peu importe le flacon : cocaïne, amphétamines, Maxiton, Corydrane, Lidépran, Captagon. Coke pour se réveiller, Palfium pour s'endormir, Dinintel quand il ne reste rien d'autre. Crises dignes de l'Actors Studio pour obtenir des injections. La secrétaire de Françoise, Isabelle Held, embauchée pour taper ses manuscrits à la machine, s'improvise garde-malade. Employée de bureau le jour, dédiée à Françoise le soir, elle obtient toutes les faveurs de l'écrivain. Longtemps elles s'isolent, Françoise prétextant être vraiment très inspirée avec elle, la douce Isabelle. Derrière la porte close, elle se shoote sous ses yeux rassurés. Isabelle veut soulager sa patronne au plus vite. Elle dit toujours oui, elle. Isabelle sort les ampoules de la trousse et pique Françoise où elle veut, quand elle le veut. Et parce que Françoise adore Isabelle, elle accepte immédiatement son irrésistible invitation : écrire chez elle, cité Florale. Il y a tant d'agitation et de tentations rue d'Alésia que Françoise accepte. Une pièce nue de vingt-cinq mètres carrés l'attend tous les jours où ne trônent, sur une table, qu'une superbe Remington, des feuilles et deux stylos.

Tous les jours, Françoise dicte à Isabelle des phrases qui surgissent de manière automatique. Entre deux pages, elle se shoote. Isabelle ferait n'importe quoi pour que Françoise revienne chez elle le lendemain. En dictant ses livres, l'écriture de Françoise devient de plus en plus phonétique, encouragée par la prise d'excitants à hautes doses. Isabelle tape avec une infinie patience ce manuscrit écrit pour oublier ses morts. Françoise lui dédie son onzième roman (« Vous au moins vous me comprenez ! »), *Le Lit défait*. À la fin d'une séance, Isabelle l'embrasse sur la bouche. Françoise la repousse doucement, elle s'excuse aussitôt.

Peggy n'a jamais vu la cité Florale. C'est un îlot parisien étonnant, au sud de la ville, dont les ruelles portent des noms de fleurs. Un endroit secret, dans lequel on entre comme dans un colimaçon – encore faut-il connaître l'entrée. Une fois à l'intérieur les maisons ont un charme provincial, bordées de géraniums, de pivoines et de lilas. Posés sur des branches, des chardonnerets sifflent du matin au soir. Cette cité repliée sur elle-même enferme ses habitants dans ses tentacules, les serre dans son nid exclusif. Françoise éprouve à chacun de ses passages là-bas ce plaisir singulier, celui d'être pressée au sens premier du terme. Mais surtout elle y est seule avec Isabelle. Rien ne peut la distraire, sinon les seuls tourments intérieurs qui parfois l'assombrissent ou la rendent excessivement joyeuse. Isabelle s'habitue. Tout le monde s'habitue. Après tout, c'est Françoise Sagan.

26

— Bonsoir Peggy.

— Oh non, Bernard ?

— C'est toujours une joie de te retrouver.

— Tu pourrais fermer la porte quand même !

— Cette maison sent le moisi.

— Tu peux partir si tu veux. Ça nous fera de l'air.

— J'avais si envie de te voir.

— Bon. Elle ne va pas mieux.

— Je sais.

— Comment ça ? Tu es allé la voir ?

— Non, mais nous nous appelons parfois tu sais, Peggy.

— Ah bon ? Quand ça ? J'étais avec elle il y a une heure, elle ne m'a rien dit.

— Je ne crois pas que cela te regarde.

— Tu vois ? Tu es toujours désagréable. Ton roman avance ?

— Ta boutique va déposer le bilan ?

— Tu vis toujours aux crochets de Barbara ?

— Tu es toujours aussi pète-sec ?

— Bon allez salut, je monte.
— Mme Bartoli est en congé.
— Tant mieux.
— Et j'ai libéré Pepita.
— Mais fais comme chez toi, mon vieux !
— Je ne comprends pas pourquoi tu as congédié Teresa pour embaucher Pepita juste après. Tout ce que tu fais me déroute.
— Ça te regarde ?
— Non. Tu veux un verre peut-être ?
— Bernard. Tu es chez moi.
— Moi aussi, je suis chez moi. Cet instinct de propriété chez toi, c'est vraiment vulgaire. Alors ? Un verre ?
— Non. Oui. Attends je me change d'abord.
— Tu descends ? Le champagne va refroidir.
— Mais laisse-moi donc trois minutes.
— Je m'ennuie sans toi.
— J'arrive.
— Tu sais si elle va rester là-bas longtemps ? Jolie tenue, bravo. J'adore les peignoirs avec des pompons.
— Arrête. Tu n'y connais rien. Tu aimes ? Je pense sortir ça au printemps, pour la collection croisière.
— Épatant.
— Oui. Tais-toi. Fais-moi une place. Mais pousse-toi donc ! Tu n'as pas un peu grossi ?
— Oui. Toi par contre, tu es ravissante comme une vieille prune. L'alcool, ça conserve !
— Je pense qu'elle va rentrer la semaine prochaine, mais les médecins me demandent de ne rien lui dire.

— Pourquoi ça ?

— Parce qu'on ne sait jamais, et elle fait encore des délires parfois. On l'a surprise en train de parler à un spectre dans un coin de sa chambre.

— C'est effrayant. Elle répétait *Hamlet* ?

— Je ne sais pas. Ce n'est pas drôle. Comment peux-tu te moquer ? Et oui c'est effrayant. Parfois j'ai peur qu'elle ne sombre vraiment.

— Tu me sers un verre ? Il faut vraiment tout faire ici, un chien serait mieux reçu.

— Tu n'étais pas spécialement invité.

— Tu oublies que je vis ici.

— Ce n'est pas comme si on m'avait consultée.

— J'ai oublié où sont les coupes. Tu vois, je bois dans une tasse.

— Je ne sais vraiment pas ce que Françoise te trouve.

— Trouve-moi une coupe.

— Mais Bernard !

— Oh, ça va.

— Tu crois qu'on devra se supporter longtemps ?

— Je l'espère.

— Je le crains.

— Après tout nous sommes de la même année.

— Quoi, 1929 ?

— Mauvaise année pour la Bourse. Mais très bonne pour le bordeaux.

— Tu crois que ça nous a influencés ?

— Stop ! C'est trop, allons Peggy, tu sais bien que je fais attention à ma ligne.

— Arrête tes bêtises.

— Tchin tchin.

— Tu sais qu'on n'a plus d'argent.

— C'est romantique.

— J'ai dû déposer un chèque de banque pour payer l'électricité.

— Tu devrais vendre tes charmes.

— Tu passeras au comité de rédaction demain ?

— Où ça ?

— Chez *Femme*.

— Oh oui.

— C'est fatigant, ton cynisme. Je n'ai plus rien à te dire. Allume la télé.

— Si tu veux. Alors… comment ça marche ce machin…

— Je dois aller à Monaco demain. On a un shooting avec Helmut.

— Répète ça un peu ?

— Je sais bien que tu t'en fiches, je te dis ça parce que Françoise sortira peut-être de l'hôpital. Il faut bien que quelqu'un s'en occupe.

— Eh bien, annule ou délègue.

— C'est impossible. Tout est planifié depuis des mois. Et c'est moi le mannequin !

— Tu as vraiment besoin d'argent, toi.

— S'il te plaît ?

— Évidemment. J'irai la chercher. Je suis une mère pour elle.

27

J'ai découvert rapidement qu'il y a avec toi quelque chose du côté de la parole qui n'est jamais complètement dit. L'intimité n'existe pas. Chacun des événements sensibles, chaque parole est un prétexte à enregistrement. Peu importe où nous allons ou ce que nous faisons, tu deviens un territoire d'expérimentations pour le roman en marche. J'aime ce que tu penses de New York puis un jour je le lirai sous cette forme, exactement comme tu me la décrivais : « New York est une ville de plein air, coupée au cordeau, venteuse et saine, où s'allongent deux fleuves étincelants : l'Hudson et l'East River. New York vibre nuit et jour sous des coups de vents marins, odorants, chargés de sel et d'essence – le jour –, et d'alcool renversé – la nuit. »

Nous vivons depuis vingt ans dans une pièce avec une ouverture où l'air peut entrer, un promontoire d'où tu regardes les phrases en fuite avant de les traquer, de les enfermer dans le roman. Il y a toujours un travail souterrain, un matériau qui servira plus tard.

Ton cerveau fonctionne à deux vitesses, une partie qui serait ici et une autre qui enregistrerait les sons, les odeurs, les sensations, la musique, pour mieux les formuler ailleurs, encore plus intensément que dans la vie. Il y a aussi ces moments où tu te retranches pour lire et qui sont comme le troisième angle de l'écriture. Je réalise que c'est encore une façon de t'évader, de rompre de manière brusque avec la vie réelle. Ce n'est pas étonnant que la littérature ait sauvé autant de gens, qu'elle les ait sortis de leur solitude, que même vraiment démunis ils aient eu le sentiment de rencontrer, à travers le récit de quelqu'un écrivant plusieurs siècles auparavant, un esprit ami.

Il y a un monde qui s'appelle la littérature et qui emmène ceux qui l'aiment assez loin, avec ce sentiment à la fois noble et condescendant d'appartenir à une communauté invisible, capable d'exercer une résistance enchantée. C'est complètement faux, mais cela permet de s'arranger avec la réalité – ça et l'alcool, l'amour et le maquillage. Beaucoup d'écrivains sont complètement rustres et, pour en avoir fréquenté pas mal, plusieurs vivent sans aucune forme d'élégance, alors même que leur style est délicat comme de la dentelle de Calais.

Si je suis touchée comme tu l'es ? Si je relis les mêmes mots en les laissant pénétrer mon esprit, savourant d'abord leur effet musical de manière purement impressionniste sans en saisir tout le sens, puis en y puisant toute leur lumière ? Si je suis aussi étonnée que toi par la puissance de ce que révèle la littérature par-delà la mort, par-delà la distance, il y a un siècle, il y a mille ans, et la résolution de dilemmes qui sont exactement les mêmes aujourd'hui ? Je ne sais même pas si, dans tes longs monologues, tu t'adresses vraiment à moi. Je crois que tu affûtes ta pensée, lentement, et que ta parole t'aide à la ciseler. Je ne sais même pas si tu m'écoutais vraiment aujourd'hui, dans la chambre bleue de l'hôpital. À quoi penses-tu lorsque tu te retranches en toi-même, quand tes yeux dérivent au milieu d'une conversation ?

Je n'ai pas voulu rencontrer cette femme au Bazar, peu après *Le Lit défait*. Je n'ai pas cherché à revoir Jeanne après son passage au Bazar, dans son tailleur gris d'avocate et avec son rire en cascades. Je n'ai pas pensé à Jeanne Delambre dans sa toge, plaidant avec éloquence devant un jury fermé. Je n'ai pas invité Jeanne Delambre à déjeuner et encore moins chez Castel, pour la voir agiter ses cheveux et ses mains. Lorsqu'elle twiste Jeanne Delambre laisse voir le haut de ses bas noirs. Jeanne Delambre cache bien son jeu de nuit, le jour. Fermeté et rigueur au Bazar, douceur frémissante la nuit. Jeanne de l'eau de l'or de l'o de là de l'haut de là de l'au-delà. Jeanne qu'aucune exigence n'effraie. Jeanne qui m'ignore dans la rue.

Avec Jeanne nous vivons selon les mêmes saisons. Je l'appelle à dix heures du matin, elle m'attend, ne voit aucun problème à ce que je passe tout de suite la voir. Je monte la retrouver dans son appartement à Montparnasse. Nous buvons des whiskies dès le matin, elle n'aime pas les parties de gin ni la drogue. La partition est toujours la même. Jeanne blanche sur le lit blanc. Peau de pastel, voix poudrée. Nous ressortons vers minuit manger des huîtres à la Closerie.

Je n'ai pas voulu que Jeanne Delambre finisse par éblouir le reste, la nuit, l'ennui, le désaveu. Au début je la retrouve et la quitte dans un éblouissement qui m'empêche presque de marcher. Elle porte Fracas sur les veines du cou, et cette orgie de tubéreuses m'intoxique. En sortant de chez Jeanne Delambre je sens que tout mon corps rayonne, qu'il s'est roulé avec elle dans les fleurs froissées, que mon bonheur est trop visible. Jeanne est devenue un rayon d'intimité quand il ne reste plus rien, la chose obsédante qui me distingue de l'animal. Toutes les nuits je rentre vers deux heures. La maison est encore animée d'une partie de gin. Je monte me coucher rapidement, pour garder intacte la joie immense de cacher un secret tout aussi immense. Je te retrouve quelques heures plus tard, ton corps fatigué se blottissant contre le mien. Est-ce possible de vivre ainsi, sans drame ? Protèges-tu ma liberté pour mieux profiter de la tienne ? Ignores-tu vraiment où je vais, et dans quels lits ? Un matin, shootée au Quaalude, tu t'écroules dans mes bras en me suppliant d'arrêter.

En deux ans les stocks du Bazar sont complètement écoulés. Je dois fermer ; il faut penser à autre chose pour vivre. Pendant des mois je verrai dans la silhouette de chaque cliente, de chaque femme ou chaque passante, le visage et le regard, l'intensité ou la peau ou le geste ou l'air respiré de Jeanne Delambre. La vie se découpe ainsi en petits chapitres qui se ferment en quittant des villes ou des gens, des boulots et des appartements. En décrochant une à une les pièces du magasin, j'imagine la ville se peupler de flappers avec des chapeaux aviateur, des robes droites et des escarpins pointus. Ici et là, de fines lianes parsemées de pierres courraient sur des dos nus. Femmes prêtes à rire et à danser, à boire du champagne du matin au soir et à ne jamais dormir. La vie serait sans doute plus légère. A-t-on connu revendication plus joyeuse ? Bonheur des colliers qui scintillent, des plumes et des paillettes inventées pour étourdir, et dont le mouvement ondoyant vous entraîne. Dans cette ville idéale, des silhouettes androgynes traverseraient les rues dans une course détraquée. En observant leurs visages, on prendrait la mesure de leur caractère étrange. Femmes viriles ? Hommes délicats ? Cette notion n'aurait plus aucune importance. Parfois je tombe sur une pièce abîmée, robe ou pantalon, il a gardé quelque chose du corps anonyme qui l'a porté. Le vêtement est tout de suite habité, il est plein du souvenir d'une soirée ou d'une histoire d'amour. Lorsque je suis seule avec eux au Bazar, ces vêtements recèlent parfois une présence amie ou inquiétante.

Un soir Jacques D. vient me chercher chez Françoise au volant de ma Mini. Il dit qu'il veut me faire une surprise, roule doucement dans les rues, traverse la Seine, continue jusqu'au boulevard Saint-Michel.

« Ça fait combien de temps que l'on se connaît, Peggy ? » Il s'arrête chez Castel, on nous ouvre, je prends place, il commande ce que j'aime, il est tôt, des huîtres arrivent avec du champagne et Jacques est anxieux. Je lui raconte des choses banales, il m'écoute avec une attention redoublée, j'ai l'impression qu'il va m'annoncer une très bonne nouvelle et me dit en riant : « On devrait se marier tous les deux. » Je ris bien sûr mais je sens qu'il est sérieux, que dans ce nuage de bruit et de fumée Jacques s'est risqué à un petit moment de vérité. La soirée se transforme bizarrement, des poules et des chèvres se mettent à courir dans tous les sens, il y a un groupe de musique anglais qui est là et qui n'arrête pas de hoqueter de surprise, la boîte de nuit s'est transformée en ferme : des cochons, des poules, des chèvres courent partout chez Castel, entre les tables, et la piste de danse est jonchée de bottes de foin. Nous rions toute la nuit mais Jacques moins, il me semble.

28

1972

Eugénie Veil se présente rue d'Alésia. Elle marche vite avec ses talons plats et son sac en bandoulière, décoiffée, heureuse d'arriver enfin chez Françoise Sagan pour lui demander l'impossible : une nouvelle à publier dans son magazine. Ce jour-là Eugénie a enchaîné les rendez-vous, essayé de vendre à sa hiérarchie que l'on pourrait glisser, peut-être, pour le prochain numéro, un texte de Sagan entre deux pin-up. Quoi ? Sagan ? Trop cher ! « Deux jours, et je vous donne le papier. — Ok. » Sauf qu'Eugénie n'a aucune idée de ses chances, aucune idée de si Sagan va seulement la recevoir, et il lui reste encore trente-deux pages à superviser pour le lendemain.

Accueillie gentiment par Teresa, Eugénie note tout : les meubles en bois recouverts de tapisserie, les livres éparpillés, les fleurs séchées, les cadres avec les photos, les reproductions de peintures. Un gros chien halète dans un coin, langue sortie, levant la tête et gémissant pour une caresse. La vie attentive, qui consiste à prendre conscience du temps, occupation possible par le fait d'être écrivain, reste aux yeux d'Eugénie le seul luxe, loin des modèles d'émancipation auxquels elle croit encore.

Au bout de longues minutes, une tasse de thé à la main, Eugénie entend des pas grincer dans les escaliers. À quelques mètres Françoise apparaît dans son uniforme d'écrivain : cardigan rouge en laine, jean et boots. Eugénie entend aussi d'autres pas, là-haut, des talons qui claquent et une toux légère de femme qui fume.

On la dit féministe et têtue, capable d'imposer à une rédaction installée son exigence littéraire au sein d'un journal de charme. Cette réputation ravit Françoise d'avance.

Elles se considèrent pendant un petit moment sans rien dire. Françoise lui présente, avec une timidité craquante, son chien et son chat, lui propose trois fois à boire et à manger. La conversation dérive sur la littérature, peut-être de manière trop brutale mais Françoise semble immédiatement plus à son aise ; elle entend, dans la voix d'Eugénie, ce qu'elle attend depuis longtemps : la musique, la musique perdue, cette ligne de sons qu'elle cherchait sans le savoir. Oui, son invitée maîtrise l'art perdu de la conversation. Eugénie Veil est-elle écrivain ? Elle élit les mots, les savoure avant de les prononcer, s'en sert comme de plumes ou de couteaux. La journaliste pose les questions et respecte les silences, elle sait rebondir pour échauffer l'esprit, battre la cadence lorsque le discours s'érode, retient les brides dans les dérapages. Et puis, surtout, elle est drôle. Françoise a beaucoup d'oreille dans ces moments-là. Vont-elles prendre la voiture et rouler jusqu'à Orly, afin de pimenter cette soirée convenue ? Sortir dans la rue et demander aux premiers venus de les suivre dans les bars à la mode ? Se séparer avant l'heure, afin de creuser artificiellement une envie obsédante de se revoir ? Parler jusqu'au lendemain, sans prendre la mesure du temps qui passe, et finir par échanger, dans les vapeurs d'alcool, d'étranges vœux éternels ? Quels gestes insensés permettront à l'action de se produire ? Et tandis que Françoise réfléchit au récit de la soirée à venir, Eugénie note mentalement les détails du décor qui l'entoure, préparant inconsciemment, exercice maintes fois répété, son article à venir. Leurs esprits s'accorderont, elle le sait. Françoise l'invite à prolonger la conversation dans sa chambre, ce sanctuaire d'écriture et d'intimité. Peggy ouvre la porte plusieurs fois, demande si elles veulent dîner, si Jacques peut venir ? Elle détaille Eugénie qu'elle trouve commune et peu menaçante, mais quelque chose a changé dans l'attitude de Françoise. Son dos s'est redressé et tout son corps s'est électrisé d'une énergie nouvelle.

La soirée se prolonge exactement comme Françoise le souhaite ; Peggy est partie silencieusement, comme un chat, sans même qu'elle ait eu à le lui demander. Françoise réalise d'ailleurs que sa vie se déroule souvent comme elle l'a précédemment désiré, par le biais puissant de la littérature. Elles dégustent du saumon et de la vodka, servis par Teresa dans une jolie vaisselle. Peu après minuit, Eugénie rentre chez elle avec l'article de Sagan dans son sac, prêt pour l'impression.

La semaine suivante Eugénie revient rue d'Alésia à l'invitation de Sagan pour une petite fête. Françoise l'accueille avec égards, Peggy feint de ne pas la voir, absorbée dans une discussion avec Jacques Delahaye. Peggy et Jacques sont comme d'habitude, flamboyants de beauté : lui dans un costume croisé et des chaussures anglaises. Elle, silhouette aussi mince qu'un dessin d'Egon Schiele, les jambes perdues dans une jupe-pantalon et un chemisier blanc dont le col se noue en boucle. Eugénie remarque que Peggy remonte sans cesse dans ses cheveux d'énormes montures rouges puis les glisse sur son nez. Peggy quitte souvent sa conversation pour demander à Denis ce qu'il aimerait boire ou manger. Personne ne se soucie vraiment de sa présence adolescente. Tout va bien ?

Au fil des semaines, Eugénie vient de plus en plus souvent rue d'Alésia. Lorsque Françoise apprendra le décès de son père, une nouvelle brèche, impossible cette fois à panser, se forme cette fois entre elle et le monde.

À partir de ce jour Françoise ne supporte plus que l'on dorme avec elle mais ne veut pas non plus rester seule. Françoise offre alors à Eugénie une chambre dans sa maison pour qu'elle ne s'embarrasse plus des contraintes de temps de transport et d'espace. Pour qu'Eugénie n'ait plus à porter ses valises, elle lui donne des vêtements. Elle insiste pour que ses invités se sentent chez eux rue d'Alésia, qu'ils restent bien après minuit pour grignoter quelque chose avec elle dans les dépendances, qu'ils explorent sans relâche les recoins d'une conversation. « Quel est ton livre préféré ? » lui demande Eugénie un matin d'été. « *Les Palmiers sauvages.* »

29

1985

« Une dégaine de femme fatale et des pudeurs d'adolescente, la colère prompte mais le cœur sur la main, l'œil distrait mais un regard de lynx, Peggy Roche promène depuis vingt-cinq ans ses contradictions dans le monde de la mode parisienne. Son élégance, son imagination, sa manière de nouer un foulard ou de poser un gros clip sur un petit tricot y sont indiscutées, tout autant que sa confiance professionnelle. » J'en apprends parfois plus sur ce que tu penses de moi dans une interview de magazine que depuis les quinze dernières années passées à tes côtés. Tu écris qu'avec « ma mode » on « s'y sent à l'aise, on ne s'y sent pas négligée. Enfin on s'y sent libre : libre dans le temps car on peut mettre le même ensemble du matin au soir sans jamais apparaître trop ou trop peu habillée. Libre vis-à-vis du temps aussi parce que ces pulls, ces jupes, ces robes, ces pantalons, ces manteaux sont suffisamment beaux et seyants pour supporter le poids des ans ». Je suis aussi étonnée d'apprendre que tu ignorais les coulisses de mon travail, « Talent qu'au demeurant j'avais des excuses d'ignorer puisque, je l'ai dit, c'est une femme pudique, et que pour savoir que tel superbe reportage, telle belle photo avaient été conçus par elle, il m'eût fallu les indiscrétions d'un tiers ». Tu parles d'un air de « légèreté, de grâce, de secret et de provocation », partagé « aujourd'hui avec nous et qui se nomme : l'élégance ».

Vivre avec toi c'est vivre avec d'autres vies. Tu dis souvent que personne n'est à l'abri de rencontrer un jour une grande histoire d'amour qui l'emmène au Brésil où il finira ses jours. En empruntant une autre rue, ou en s'attablant à une autre table, on finit dans une cité perse, une chambre de la gare du Nord ou six pieds sous terre. Comment savoir ? Je n'ai pas choisi le confort, je n'ai pas choisi d'être rassurée, même si souvent je dois fuir ton regard pour ne rien réclamer.

Comment fait-on ? Comment font les gens, ceux que je vois, dehors ? Comment font-ils pour être ensemble ? Et s'aimer ? Font-ils semblant ? Et s'ils ne font pas semblant, comment se supportent-ils ? Comment fait-on pour se rencontrer, et vivre ensemble, et arriver à se rencontrer encore sans que la liberté, le désir, l'amour de la liberté de l'autre ne soient altérés par l'ingratitude des besoins qui ne sont jamais les mêmes ? Et quand on manque d'argent ? De temps ? D'affection ? D'attention ? Et quand il y a un déséquilibre ? Et une iniquité dans le pouvoir ? Et la jalousie ? Comment faire fonctionner des corps, des cultures, des âmes, des sensibilités, des passés, des névroses, entre eux, avec soi-même, avec quelqu'un d'autre ?

Cela fait maintenant cinq jours que tu te tords de douleur et de honte dans une chambre du Val-de-Grâce. Quand je suis venue te voir ce matin tu étais étrange, je ne te reconnaissais pas, c'est comme si ton corps déplacé endormi réveillé secoué avait activé des souvenirs rangés dans d'autres tiroirs de ton cerveau.

Un médecin m'a appelée tout à l'heure, furieux, pour me dire que tu as essayé de fuguer. Une équipe t'a cherchée dans l'hôpital pour te retrouver « à la fois hagarde et agressive », m'a-t-il spécifié, marchant comme un zombie dans les jardins. Il me conseille une clinique spécialisée, pour la suite. Je note le nom de la clinique dans un carnet, à la suite des autres.

30

— Françoise ?

— Peggy ?

— Je suis désolée de vous réveiller.

— Oui, en effet.

— Je crois que nous sommes surveillées. Vous avez raison.

— Quelle heure est-il ?

— Je ne sais pas. Dix-sept heures.

— J'ai dormi toute la journée.

— Oui.

— Les médicaments… Ils me donnent des médicaments qui m'abrutissent.

— Oui, c'est possible.

— Vous êtes là depuis longtemps ?

— Non, je viens d'arriver.

— Pourquoi vous chuchotez ?

— Parce que si ça se trouve il y a des micros dans la chambre. Vous souriez encore ?

— C'est formidable, toute cette attention.

— Laissez-moi regarder sous votre matelas.

— Attention.

— Mais quoi ?

— J'ai mal partout, Peggy.

— J'ai inspecté les rideaux, les plinthes, la salle de bains…

— Je n'en doute pas.

— Je vois souvent deux types qui passent devant la maison, ils sont toujours deux. Pas discrets du tout.

— Qu'est-ce qu'ils veulent ?

— Surveiller nos allées et venues j'imagine… Nos poubelles…

— Passionnant.

— Et puis le téléphone…

— Ah. Vous voyez.

— Ne nous appelons plus.

— Si, mais dans ce cas inventons un langage étrange, bien à nous.

— Par exemple quoi ?

— Par exemple… « Il fait beau ! » pour : « Des nouvelles de Lyon » ?

— Non, ça ne marchera jamais.

— Bon, cette fois c'est sûr : je vais sortir d'ici.

— C'est vrai ?

— C'est tout à fait vrai.

— Merveilleux !

— Oui. J'espère que j'aurai droit à une grande fête !

— Mon Fanou…

— Mais quoi ?

— Vous êtes fatiguée. Vous êtes malade. Et on n'a plus d'argent.

— Mais enfin, nous allons nous arranger.

— J'ai compté les chèques : *Elle, Marie Claire, Stern, Vogue Italie, The Sunday Times, Marie France, Égoïste, Femme*. Il n'y en aura pas d'autres ce mois-ci.

— Je dois bien avoir un petit bas de laine quelque part.

— Il faut payer Marie-Thérèse et rembourser votre découvert.

— Ah oui. Combien ?

— Deux cent mille francs.

— C'est embêtant.

— Et on nous menace de nous envoyer des huissiers.

— Tout ça est très ennuyeux.

— Oui.

— Je vais peut-être rester quelques semaines de plus ici alors.

— Vous êtes sérieuse ?

— Non.

31

1980

C'est un terrain de jeu, les joueurs les moins souples n'ont qu'à partir. Eugénie a fini par sortir du système Sagan. Peggy et Jacques D. emménagent rue de Varenne, un appartement avec ascenseur pour que Françoise n'ait pas à prendre l'escalier.

Les rouleaux de soie Abraham et les cachemires de la Maison Wurmser, facturés au nom de Françoise, arrivent chez Peggy qui va enfin commencer à créer une collection, la première signée de son nom. Pour remercier Françoise, Peggy monte dans sa petite Austin et va chercher, chez les créateurs qu'elle aime, des habits pour Françoise Fabian et les comédiens des *Fougères bleues*, un film écrit par Françoise. Elle veut faciliter leur passage sur scène comme Givenchy l'avait fait pour Édith Scob, comme elle le fait avec la mode et la scène qui est la rue.

Les vêtements qu'elle a imaginés pour Jacques D. ont beaucoup plu. Dans sa boutique de la place Saint-

Sulpice, une clientèle privée vient chérir ses capes et ses cachemires. C'est une époque où leur talent est encore plus éclatant que leur paresse et les choses se font quand même, autour de Jacques et de Peggy, sans aucune espèce d'effort apparent. Elle commence à imaginer les premiers modèles de sa ligne, comme ils en rêvaient avec Jacques il y a vingt ans. Peggy travaille toujours le même style, les mêmes motifs. Des chemisiers, des sahariennes, des blouses en crêpe de chine ou en soie, des pantalons à pont. Un chic absolu qui pourrait se porter d'un bout à l'autre du XXe siècle et même après. En mai Peggy trouve une boutique à louer rue du Pré-aux-Clercs et pose l'enseigne : PEGGY ROCHE.

Avec une forme de régularité flegmatique, son nom prend des allures de sésame, d'une clé qui garantirait la beauté d'une photo, l'accord immédiat des photographes et des mannequins. Serge Lutens, Guy Bourdin et Helmut Newton la sollicitent régulièrement. Peggy refuse parfois, ou bien oublie de se présenter à une séance. Plus elle est impitoyable, plus on lui voue un culte. Alors elle continue de peaufiner son personnage. Elle méprise ceux qui ne la comprennent pas immédiatement et des phrases mesquines lui échappent.

La méthode de Peggy est singulière. Peggy arrive sur les plateaux avec sept heures de retard, regarde la fille de la tête aux pieds, la congédie pour la remplacer par une autre si elle ne lui plaît plus et, en quelques minutes, décroche des portants la tenue qui la rendra parfaite. Ses mains parcourent vite les habits suspendus, elle choisit en trois temps des pièces parfaitement coordonnées. Elle en est arrivée à un tel niveau de maîtrise qu'elle oublie la technique, c'est la sensation des musiciens qui se libèrent après trente années de pratique et commencent à jouer avec une naïveté nouvelle, une fluidité teintée de candeur. Des assistantes, habituées à son personnage, notent à toute vitesse les vêtements retenus. En une heure, les photos sont prises. Les photographes l'adorent. La précision de Peggy est aussi rapide que le déclic de leur appareil. Quand les photos sont terminées Peggy attend que la fille se rhabille, elle offre du champagne et des cigarettes à tout le monde. Parfois elle redonne les habits utilisés une fois les photos prises, « Garde-les ». Comment s'habiller pour annoncer une rupture ? Assister à une réunion de parents d'élèves ? Se faire engager comme rédactrice de mode ? Obtenir un découvert de son banquier ? Elle propose ces vraies questions à Nicole Wisniak, rédactrice en chef d'*Égoïste* dont les parutions aléatoires la ravissent. La mannequin Louise Despointes, menue, drôle, est retenue pour le shooting (« Vous au moins, vous avez un vrai sens de la mode ! ») et Steve Hiett en saisit l'instant, qui est à la fois une leçon de style et d'humour, et un point de vue sur la mode.

Chez *Elle* Peggy donne aux images un caractère étrangement léger, des regards profonds, une sensualité anormale des gestes. Au soleil, les filles se prélassent. En ville, elles traversent les rues avec énergie. Sur une plage, elles marchent de concert, un peu trop proches. Une fille passe une porte tambour et une autre en sort, trench ouvert. Au fil des numéros, les reportages de Peggy se complexifient et l'on peut repérer immédiatement son style qui reste le même par-delà les années et les modes : triple et quadruple manchettes, superposition de ceintures, générosité des volumes et des matières, tailles quasi corsetées. Les couleurs, les associations et les matières se répondent dans une harmonie instinctive. Les thèmes deviennent des instantanés des mondes intérieurs de Peggy : apprivoiser le soleil. Un été tout en blanc. Comme un garçon. Le style Deauville. Pyjamas de plage années trente. Féminin/masculin. Le style tennis. Saint-Tropez. Partie de campagne. Monaco. Sur l'une de ces photos, on peut voir deux mannequins marcher côte à côte, pratiquement main dans la main. L'une est blonde à cheveux courts, l'autre brune, les cheveux coupés au carré. Peggy met en scène son quotidien saganesque, montre, dans ses mises en scène, ses fictions secrètes.

32

1982

J'ai fini par entrer dans le cœur, par le cœur, le cœur absolu. Nous cherchons un lieu qui puisse être le nôtre et nous le trouvons. Nous emménagerons ensemble dans cette maison, celle où je dors aujourd'hui, rue du Cherche-Midi. Tu me demandes de vivre avec toi ; la demande vient de toi. Il y a eu des travaux que j'ai conduits, des meubles à acheter, d'autres à tapisser, des tables à poncer, la salle de bains à refaire. C'était comme habiller un corps à grande échelle. Plaisir de retrouver nos univers s'accorder, livres et disques dans tous les sens, portants et mannequins dans mon bureau du rez-de-chaussée. J'ai imaginé des filles nues se baladant dans les couloirs, essayant ma collection en cours. Nous choisissons cette maison parce qu'elle est isolée de la rue, avec des pièces vastes où nous pouvons ne pas nous croiser en nous sachant proches l'une de l'autre.

Quand nous trouvons la maison j'ai si peur que tu changes d'avis, effrayée par l'organisation que cela induit, que je te propose de t'installer à l'hôtel pour terminer calmement la rédaction de ton livre, un énorme pavé de six cents pages et qui portera ce beau titre, *La Femme fardée*. Bernard Frank vient vivre avec nous de nouveau, je n'ai pas tellement le choix. Nous sommes toujours envahies de journalistes qui cherchent le scoop pour te salir. On guette tes dépressions et tes rechutes. J'espérais que tu ne tombes jamais sur ces torchons. Le déménagement rue du Cherche-Midi fait quelques titres ; comme par magie je suis systématiquement oubliée de la liste des occupants. Cela te convient très bien. Mon nom n'apparaît pas non plus sur la boîte aux lettres. Je suis toujours dans l'ombre, mais cette fois il s'agit bien d'un jeu. Tu travailles dans la chambre et moi au rez-de-chaussée, journées bienheureuses dans le silence appliqué.

Quand les rideaux ont été pendus, les meubles positionnés exactement là où ils devaient être, quand les murs ont été repeints, les draps tirés sur les lits, tu as découvert la maison. Le quart-de-queue était installé dans le salon comme tu le voulais, dans l'angle. Clavier du piano, clavier de la Remington. Mêmes gestes des doigts. Je t'ai présenté chaque pièce comme si tu étais une invitée, « Vos vêtements sont là », « Les serviettes sont ici », « Voici la chambre de Bernard », « La nôtre », « Celle de Denis ». C'était une période compliquée où tu ne mangeais rien comme d'habitude, à part des bouillies. J'ai embauché Pepita pour qu'elle prépare des vrais repas de grand-mère, des pots-au-feu, des blanquettes et des plats en sauce. Tu n'en prenais qu'une cuiller. L'été qui a suivi nous mangions de la salade d'oranges dans le jardin, pour écouter les bruits de ville de l'autre côté des murets.

Je me suis vite rendu compte de la réalité que constituait ton quotidien avec les banquiers, le fisc, les avocats et les éditeurs fâchés qui appellent sans cesse, demandant à régler leurs comptes. Tu embauches Marie-Thérèse, brave petite femme que tu adores, pour se charger de toutes ces choses pénibles.

Il y a toujours des gens à la maison, Thierry et Jacques Chazot, Jacques Delahaye, Frédéric Botton, Bernard évidemment, Florence, Charlotte Aillaud qui passe souvent avec Juliette, Denise et d'autres doux dingues. Que pouvais-je dire les soirs où tu préférais dîner seule avec tes amis ? Et où aller ? À peine arrivée dans cette maison il me fallait un lieu de repli où je pouvais nous donner l'impression d'une liberté relative, d'une ouverture, encore, puisque c'est exactement cela dont il a toujours été question : d'une clé.

Tu es d'accord pour me trouver un appartement fantôme, une garçonnière qui existerait à la fois comme une menace et un lieu de salut car il serait toujours temps de m'y retirer. Cet espace te donne l'illusion que tu peux continuer à chérir ta solitude. Tu es aussi enchantée que moi lorsque je trouve cet appartement avenue du Maine. Je n'ai pas à te demander pour régler Andrée Putman qui le décore avec un goût exquis. Je dépose un grand canapé en chintz rouge au milieu de la pièce principale. Quand nous nous y retrouvons nous y faisons l'amour différemment, animées par une énergie étrange. Cet appartement est le vrai danger, là où tu crains que je ne reste pour toujours. Y a-t-il autre chose, entre nous, et entre tous les couples peut-être, que des mises en scène ? Je suis toujours la seule à détenir la clé de cet appartement et c'est peut-être aussi la seule chose qui m'appartienne encore : un espace découpé dans la solitude.

Quelques mois après notre emménagement rue du Cherche-Midi j'apprends que ma mère quitte Lucien Moussaud. Elle arrive avec deux valises avenue du Maine, petite chose maigre aux cheveux blancs tirés. Elle est posée sur mon lit comme une poupée de porcelaine, sage et figée. Nous ne savons pas comment nous comporter l'une devant l'autre. Est-elle une invitée ? Une personne âgée à qui je dois apporter mon secours ? Une amie oubliée ? Elle ne veut pas me dire ce qui s'est passé avec Lucien Moussaud. Tu lui proposes le plus gentiment du monde d'occuper le manoir à Barneville, là où il y a toujours de la vie. Elle est d'accord. Ma mère te trouve charmante, elle me le dit une fois et je ne sais pas pourquoi cette phrase me semble douce, plus douce que tout ce que j'ai connu avec elle.

Au printemps 1978 tu te retrouves à côté de François Mitterrand dans un tout petit avion de ligne. Votre rencontre est inévitable et tu ne l'as pas toujours soutenu, mais il te parle avec avidité des auteurs qu'il aime et après quelques minutes tu es séduite. Tu l'invites à déjeuner rue du Cherche-Midi tout en me demandant fermement de gagner mon appartement avenue du Maine. Lorsque le Président se présente aux grilles de la maison, sa voiture blanche entre doucement dans l'allée. Deux gardes du corps attendent devant la maison et restent dans le jardin pour fumer des cigarettes. Je m'éclipse une fois la maison prête, vous mangez un plat qu'il aime, genre coq au vin, puis du fromage blanc avec des confitures. J'ai toujours trouvé ces menus très famille. Ses goûts de campagne te touchent. Je ne sais même pas s'il connaît mon existence.

Petit à petit tu fréquentes les meetings de soutien du Parti. Lorsque ton ami est élu en 1981, tu te rends à Bastille et sautilles joyeusement avec des milliers d'autres personnes sous la pluie.

D'autres invités animent notre maison de manière ininterrompue, comme si tu avais peur du silence. Un soir nous sommes au moins dix à table, quelqu'un lance un débat sur le documentaire de Bertrand Blier sorti au début des années soixante, *Hitler, connais pas*. Blier avait interviewé une quinzaine de jeunes nés après la guerre et les avait placés sous des projecteurs blancs, comme un interrogatoire. On pouvait y voir un fils d'entrepreneur coincé dans son milieu, une bourgeoise vénale, une mère célibataire, un glandeur type minet du Drugstore. Parmi les interviewés, personne ne s'intéressait à la guerre. Il y avait Zouzou aussi dans le film, très belle, les joues encore pleines de jeunesse comme lorsque je la croisais chez Régine. Parmi eux, malgré leurs milieux et leurs destins opposés, il y avait un point commun, c'était le cinéma. L'amour du cinéma, le plaisir du cinéma, aller au cinéma, tout le temps, tous les soirs, exactement comme moi à leur âge. Draguer au cinéma, au Rodéo, au Texas. Apprendre la vie au cinéma. Comme les personnages de Blier, le sentiment que la guerre avait dévié nos vies était partagé silencieusement mais nous n'en parlions jamais.

Un de tes invités a condamné l'indifférence de la jeunesse. Un autre a dit que tout le monde avait été floué dans le film, les acteurs, les spectateurs, que c'était un rapt, que Blier était un manipulateur qui voulait prendre tout le monde au piège. Un autre a surenchéri en disant qu'il s'agissait de comédiens, que tout le monde mentait.

Je n'avais pas d'opinion.

J'ai regardé tes amis, ceux qui étaient là. Il y avait des journalistes, des écrivains, un décorateur, un coiffeur, un musicien, une chanteuse, et des gens qui ne faisaient rien aussi. Nous avions tous le même âge. Où étaient-ils, eux, avant ? Dans leur corps d'avant ? Leurs existences de petits enfants ? Cachés ? Enfants de collabos ? De résistants ? Survivants ? Déportés, même ? Au front ? Nous n'en parlions jamais. Pour nous aussi, comme pour les personnages de Blier, le sujet était loin derrière, presque comme si cela n'avait jamais existé et en même temps si, car nous nous savions porteurs sans le dire d'une chance immense, celle d'être libres et vivants, celle d'être là.

Les années de peur étaient loin derrière, comme une chambre fermée à laquelle nous avions mis un verrou. Nous savions que cette pièce existait mais hésitions à y aller. Nous n'en parlions jamais avec maman, jamais avec toi ou les autres ou alors très peu. Nous avons mis beaucoup de temps, des dizaines d'années. Toi-même tu as mis du temps avant que ne paraisse *De guerre lasse*.

Il y a nos disputes alors que je prépare mon défilé, celui de la première collection. Il y a ton départ pour Bogota. Il y a le jour qui a suivi. J'ai réalisé que dans les moments les plus tendres il m'arrivait de t'appeler *mon ange*. Tu es mon ange, un ange qui me rappelle sans cesse à lui, m'empêchant aussi, peut-être, de mener ma propre vie.

33

1985

Peggy glisse dans ses malles les modèles qu'elle aime : spencer en tricot, pantalon à revers, chemisier en crêpe écru. De beaux bijoux, des bagues et des bracelets. Des boutons de manchette. Une robe de velours en Elastiss noire à boutons de strass. Des gants en soie, un fume-cigarette, des escarpins. Des mocassins de jersey créés par Massaro et brodés de ses initiales au fil d'or. Un pantalon en jersey, une veste en acétate laqué zippée noire, un béret en maille lurex argenté. Un pyjama en satin gris, une robe de chambre à lainage prince-de-galles. Peggy aime les tenues tragiques. Elle les compose pour les femmes qui se sont mesurées à la vie et en ont accepté le duel. À Monaco Newton est enchanté de la photographier, elle la femme de cinquante-six ans cachée sous des nuages de cigarettes.

Newton trouve en elle la Française de cinéma qu'il fétichise, attitude que Peggy endosse de manière quotidienne. Elle « connaît ces gestes », écrira Sagan dans le texte qui accompagnera le reportage, « qu'un mannequin ne connaît pas à dix-huit ans – et bien des femmes, hélas, jamais ».

Peggy Roche et Helmut Newton n'ont pas besoin de beaucoup parler pour se comprendre. Elle accroche l'objectif avec son air grave et sensuel. Elle se tient debout devant la porte de sa chambre d'hôtel, tournant la clé dans la serrure, le regard maquillé et grave – c'est elle qui en a eu l'idée. Clé unique pour une serrure unique, couple idyllique. Clac ! Peggy s'allume une cigarette, la fumée habillant son cou comme un foulard dans un rayon de soleil. Clac ! Peggy devant une coiffeuse, vêtements par terre, sacs ouverts, maquillage en pagaille, une jambe sur une chaise, coudes fléchis devant la glace, prise de dos. Clac ! Clac ! Peggy dans le hall, prête à partir, impatiente d'aller voir la ville. Clac ! Peggy dans le salon de sa suite, impériale, roulée dans le satin de son pyjama, main baguée sous son menton levé, jambe ouverte sur l'accoudoir, reine impatiente guettant, peut-être, l'arrivée d'un jeune groom ? Clac. Clac. Clac. Merci. C'est fini. Quelques semaines plus tard, Peggy recevra un chèque signé de la main d'Eugénie Veil.

34

— Françoise ?

— Non.

— Mais c'est quoi cette histoire ? Vous êtes rentrée sans me le dire ?

— J'ai perdu trop de temps. Oh, ça sonne.

— Qui est-ce ?

— Des cailles ! Hélène Rochas en a commandé une cinquantaine.

— Pardon ?

— Entrez monsieur ! Déposez ça là. Non là. Non là. Merci.

— Mais pourquoi des cailles ? Françoise ? Tout va bien ? Françoise ? Quand êtes-vous rentrée ?

— Mais oui mais oui ! Je vais très très bien.

— Vous êtes là depuis combien de temps ?

— Je ne sais pas. Je suis sortie ce matin.

— Vous êtes rentrée seule ?

— Oui !

— Vous avez conduit ?

— Oui !

— C'est quoi ces cailles ? Vous avez invité beaucoup de monde ?

— Alors il y aura : Hélène, Bettina, Juliette, Charlotte, Marie-Hélène, Françoise Verny…

— Dieu du ciel. Oui merci monsieur. Non vous envoyez la facture par courrier. Merci.

— … Jacques mon frère, Jacques ton Jacques, Jacques Chazot, tous ces Jacques c'est étourdissant, Thierry, Frédéric, le baron de Rédé, Philippe Grumbach et Nicole, Bertrand Poirot-Delpech.

— Mazette.

— Et Massimo. Et Jean-Paul Faure ! Ça fait combien ? Quinze ?

— Je vais me coucher.

— Vous êtes fâchée ?

— Vous n'êtes pas raisonnable.

— Mon Peggy. Hélène a dépêché deux de ses cuisiniers. Ils s'occuperont de tout.

— Je n'ai aucune envie de faire la fête.

— Peggy. J'ai eu très peur.

— Vous travaillez déjà ? Vraiment ?

— Mais bien sûr. Regardez. Dix bonnes pages depuis ce matin. C'est une très bonne journée. Vous étiez sortie ?

— Oui, j'étais sortie.

— Pourquoi êtes-vous toujours contrariée ?

— M'enfin Françoise ! Bon. Ce n'est pas grave. Je suis heureuse de vous voir ici.

— Ah, enfin !

— Alors ce manuscrit, ce sera quoi ?

— Toujours la même chose. Vous ne voulez pas vous asseoir ?

— D'accord.

— Je le pense en trilogie.

— La guerre ? L'amour ?

— Oui. Des sujets légers dans le genre.

— Ça vous connaît.

— Vous trouvez que je radote ?

— Je ne sais pas, je ne vous écoute plus.

— De toute façon, plus personne ne me lit.

— Ne dites pas cela.

— C'est vrai. Même vous.

— Je vous lis une fois vos livres publiés.

— C'est bien ce que je dis.

— Vous avez vu les deux clowns planqués devant ?

— Ah, vous les avez vus ?

— Oui.

— On ne peut pas faire plus discrets.

— Invitez-les à manger des cailles.

— Il y a un journaliste qui vient, tout à l'heure, pour Antenne 2.

— Ah ?

— Oui. Je vais m'excuser du foin auprès des Français.

— Mais rien ne presse ! Les Français s'en fichent ! Ils veulent juste vous savoir en vie.

— C'est la moindre des choses. J'ai eu une idée, aussi : je vais attaquer les Arènes de l'info. Ça suffit à la fin.

— Oh, c'est de l'humour…

— Quoi, de l'humour ? Une poupée avec une énorme coulée de morve sur la bouche ? Et qui bafouille ?

— Combien voulez-vous ?

— Un million.

— Vous ne gagnerez jamais.

— J'adore votre optimisme.

— C'est à quelle heure ce dîner ?

— Peu importe.

35

Dans les moindres sorties, à chacun de mes déplacements, dans les soirées et les innombrables dîners que nous avons donnés, j'ai souvent eu cette impression poignante que quelqu'un manquait. Autour de la table, une chaise restait vide ; aujourd'hui encore je m'attends à ce qu'une sonnerie, une porte ouverte laisse apparaître la silhouette du retardataire. Je n'arrive pas à identifier le visage et le nom, mais cette absence est si intense qu'elle finit par exister et me poursuit souvent, personnage qui me précéderait comme un courant d'air.

Cela fait maintenant trois mois que tu es sortie du Val-de-Grâce. Depuis ton retour je te vois à peine. Tu montes écrire quelques lignes, descends à la cuisine manger une moitié de banane. Tu remontes écrire puis redescends prendre une tranche de jambon. Tu remontes écrire, descends me dire quelque chose, je ne comprends pas ce que tu dis, je te demande de répéter, tu remontes, je n'ai toujours pas compris ce que tu as dit. C'est comme ça tous les jours, présence/absence.

Tu apparais si vite que parfois je doute t'avoir vue, ton regard croise le mien comme un sémaphore, tu m'as vue ? Oui ? Je t'ai vue ? Oui ? Alors tu disparais comme un animal sauvage que l'on aurait apprivoisé. Il n'y a jamais de repos.

Tu m'as annoncé il y a quelques semaines que Massimo voulait t'emmener à New York, j'ai protesté comme j'ai pu. Il est venu te chercher et vous êtes partis le jour même pour les États-Unis. Tu es rentrée trois jours plus tard avec un vison sur les épaules, sans aucun effet du décalage horaire (êtes-vous seulement partis ?), tu m'as parlé avec excitation d'une femme que tu as rencontrée et qui t'amuse beaucoup, elle s'appelle Elvire. Je te demande si tu es heureuse, tu me réponds avec désinvolture qu'« il y a si peu de gens libres ! ». Je me suis habituée à cet art de la formule dont tu es passée maître et qui peut selon le degré d'interprétation ravir ou blesser. En tout cas Elvire est rigolote, beaucoup plus rigolote que moi d'après ce que je comprends.

Depuis trois mois nous ne parlons plus des ennuis. Nous ne parlons plus des dettes. Nous ne parlons plus des huissiers. Nous ne parlons pas de la presse qui titre à tout-va : « Depuis qu'elle ne boit plus, Françoise Sagan userait de stupéfiants. » Pour la première fois je sens que je te perds, que je te perds vraiment. Tes yeux pétillent du même feu qu'avant mais ton visage est fatigué, tu as ce sourire cassé qui finit par déteindre sur moi. Dire qu'avant il suffisait que je t'observe prendre la vie, conduire, manger, tenir tes couverts délicatement, porter un verre à ta bouche, sourire si spontanément pour que je me retrouve dans la fête des choses, celles que tu réanimais dès que nous étions ensemble.

Quand je regarde ce qui nous entoure, Françoise, je vois un décor extrêmement joli et friable, et encore plus friable du fait qu'il est joli. J'imagine les murs de la maison retenus par des poutres en bois. En reculant par mégarde, en frôlant un panneau, les murs s'effondreraient et nous laisseraient démunies. Cette maison dans laquelle la vie s'organise et où les souvenirs s'accumulent, les miens, les tiens et ceux des autres disparaîtrait d'un seul coup. Peut-être n'y a-t-il rien derrière, ou dedans. Qu'un film de cinéma, dont la fin annoncerait le retrait lent des spectateurs. Où iront, lorsque nous n'y serons plus, les écharpes, les parapluies, les pulls, les verres, les draps, les carnets, les livres, les manuscrits et tous ces objets que nous manipulons, les dessins de futures collections qui auraient pu devenir quelque chose mais qui resteront à jamais des esquisses ? C'est étonnant comme l'amour se heurte aux petites choses exaspérantes, comment un détail marque parfois davantage que les blessures les plus spectaculaires. À l'opéra, avant Bogota, un journaliste m'a demandé de sortir du cadre pour une photo. Sortir du cadre, l'expression est parfaitement choisie. Je me déplace de quelques pas vers la gauche, regarde la petite foule sourire devant la caméra. Tu ne protestes pas. Tu souris, entourée de tes amis. Ce soir-là je suis rentrée avenue du Maine sans attendre que la soirée se termine. Dans la voiture j'ai eu cette pensée déprimante de fin de nuit, que la photographie vous choisit, qu'elle vous déforme, qu'elle amplifie votre beauté ou la dénature ; qu'elle vous fait disparaître des registres de l'Histoire. Une seule photographie dont vous êtes exclus et c'est toute une vie qui est engloutie.

Ta manière de dire « Bonjour madame Roche ! » l'autre jour, au dîner donné par Hélène Rochas.

Je ne sais pas toujours comment faire quand tu me déçois, quand tu me fais peur, quand je ne te reconnais plus, quand je me dis que tu es invivable, que l'on ne peut pas vivre avec toi, que tu es égoïste, indélicate, contradictoire, paresseuse, de mauvaise foi, incapable de reconnaître tes erreurs, de demander pardon, de faire un examen approfondi de ta conscience, de manière détachée, juste, dépassionnée et intelligente. Parfois nous sommes si loin l'une de l'autre que je ne sais plus ce qui nous lie à part cette maison et les liens humains que nous avons installés entre nous. Je n'ai même plus l'énergie de me disputer tant je connais tes stratégies de fuite, ta rhétorique sophistique destinée à me dérouter.

Depuis ton retour tu veux que les fêtes se succèdent sans cesse. Les filles sont belles et les hommes ardents, des dealers sans scrupule arrivent même à se faire inviter. Tu enchaînes frénétiquement les sorties de route, un jour je t'entendrai dire que le « fait d'avoir entrevu la mort lui enlève beaucoup de son prestige. Du coup, je suis peut-être une des personnes au monde qui ont le moins peur de la mort. La mort, c'est le noir, le néant total, mais ce n'est pas terrifiant du tout. » Tu mens. Tu es terrorisée. On traverse une rue sans regarder : fini. On se jette contre un platane : fini. On perd pied le long d'une voie : fini. On s'assoit sur une rambarde qui cède : fini. Fini, fini, fini. Les cimetières sont pleins de finis. J'accueille tes amis, les entraîne au salon, m'informe des uns et des autres, leur offre un verre, j'habille l'espace de ma voix, plus personne n'ose me demander où j'en suis. La vérité c'est que je n'existe pas. Cela m'est arrivé, dernièrement, de regretter notre rencontre.

J'ai aussi appris à me soucier de ce qui disparaît soudainement de ta conversation, à noter les sujets qui t'occupent et qui s'effacent brutalement. Depuis quelque temps tu ne me parles plus d'Elvire et c'est d'autant plus inquiétant qu'en omettant de me parler de l'évidence tu me caches le plus important. Telle personne rencontrée par hasard ? Telle soirée où l'on s'est particulièrement amusé ? Un enthousiasme inhabituel puis soudain, silence ? Attention, danger.

Bernard est parti du Cherche-Midi pour une histoire de cœur, cette fois ça avait l'air sérieux. Il a laissé sa chambre à Jacques D. qui te veille avec la même amitié que moi. Je n'ai jamais vu Jacques aussi tendre qu'avec toi, j'en suis même agacée. Son dévouement excessif est presque inversé, c'est lui qui cherche ton réconfort. La pureté de son adoration l'entame ; je sens qu'il cherche à être adoubé par je ne sais quel geste humiliant dont tu es capable. Depuis ton retour son regard sur toi a changé, il te considère comme une miraculée, c'est fou ce que la résurrection vous donne comme pouvoir. Je le soupçonne même de te procurer de la drogue, si j'apprends qu'il le fait je le tue. Il t'a vue dans mille situations, parfois dégradantes. Pour se faire aimer de toi il faut te résister. Le manque de lucidité de Jacques me désole. Il va fermer sa boutique place Saint-Sulpice, complètement endetté. Il doit vivre de ses trafics, c'est impossible autrement.

36

1986

Pendant un mois Jacques dessine à toute vitesse une soixantaine de modèles pour le défilé de Peggy. Des assistants dévoués conçoivent nuit et jour des tenues qui se construisent avec une clarté symphonique, telle pièce répondant à une autre avec une logique interne à la fois indéfinissable et sensible. Toutes les nuits Jacques et Peggy s'écroulent de fatigue vers quatre heures, sur leurs tables de travail ou les canapés. Turban blanc, jupe écrue. Ceinture en cuir, bottillons taillés dans la même matière. Peggy fait dessiner des cartons d'invitation art nouveau. Commande des fleurs par milliers. Change vingt fois d'avis sur les mannequins, les matières, les coupes, les couleurs.

Le jour du défilé à l'hôtel Le Meurice les amies de Françoise et de Peggy sont au premier rang : Juliette Gréco en Chanel, Bettina en Alaïa et Jacques Chazot qui vient de relancer le bal des débutantes. Chazot est particulièrement nerveux, il annonce à Françoise que son ami Thierry est très malade. Des bouquets de lys sont disposés partout dans la salle, les mannequins défilent à l'appel de leur numéro. Toute la vie de Peggy se dévoile sur les podiums, son idée des femmes, son idée du beau, son idée du style. Quand Mme Bartoli annonce le numéro du dernier modèle, soixante, Peggy sait que pour elle aussi c'est terminé. Aux premiers applaudissements Peggy ressent une euphorie, celle dont on est empli lorsque l'on provoque une rupture : diablement libre et diablement seul. Sauf qu'ici elle reçoit des félicitations, des baisers, des accolades, des cris enjoués, des « Bravo » et des « Il faut continuer », « C'est magnifique », « De toute beauté », « Quelle élégance », « C'est un triomphe ».

Peggy a souhaité donner un grand cocktail somptueux dans les salons pour dire au revoir à la mode, avec une foule clinquante et bruyante noyée dans les robes couture et les flûtes qui tintent. Elle sait aussi que de ces visages, de ces instants de bonheur, de ces paroles enveloppantes il ne restera qu'une évocation lointaine, un souvenir heureux puis perdu. En coulisses elle a passé la main sur les habits qui se balançaient seuls sur les cintres comme des pendus.

Quelques semaines plus tard, Sagan écrira dans le magazine d'Eugénie Veil : « Si elle se soucie peu de la mode, Peggy Roche en revanche fait plus que se soucier de l'élégance : elle en est obsédée. C'est sans doute la seule personne qui, au cinéma, lorsque l'héroïne doit être sauvagement poignardée, remarque la forme de son turban ou la cambrure de ses chaussures. Elle est une des rares femmes dans ce métier qui croit surtout chaque femme susceptible d'y parvenir elle-même. » C'est fini.

37

Nous roulons à bicyclette. Des herbes hautes nous fouettent les mollets, Denis roule devant moi, il crie : « On s'arrête là ? » Il commande des glaces fraise-pistache. Nous marchons dans le village avec nos glaces qui coulent sur nos doigts. Nous nous arrêtons dans une boutique de souvenirs, Denis veut acheter des cartes postales. Il en choisit deux, une avec un voilier, une autre avec un âne en culotte. On passe une petite heure sur cette terrasse à ne rien dire, je me sers d'un dépliant touristique comme d'un éventail. Qu'allons-nous faire ? La perspective de ne pas le savoir, d'en être réduits à des décisions dignes de Crusoé (plage ou cueillette ?), cette attente sans but est tout le contraire de l'ennui. Qu'est-ce que j'peux faire ? J'sais pas quoi faire. Qu'est-ce que j'peux faire ? J'sais pas quoi faire. Qu'est-ce que j'peux faire ? J'sais pas quoi faire. Qu'est-ce que j'peux faire ? J'sais pas quoi faire. Silence ! J'écris ! Denis retire le sable de ses espadrilles. Je lui ai offert un joli chapeau et une chemise en lin. Nous te retrouverons ce soir pour dîner sur la terrasse de la maison louée. Tu écris face à la mer dans une chambre battue par le vent. Entre deux bourrasques, des oiseaux se posent à ta fenêtre. Le soir nous rentrons fatigués de soleil et de vent, la meilleure fatigue. Pour te retrouver il faut suivre les marais salants et piquer dans un chemin, ne pas se tromper : c'est celui bordé de chardons. Arrivés près des fenouils je te vois de loin puis de plus en plus proche, petit point blanc à tête dorée. Tu es assise sur une chaise en bois blanc, agites ton bras pour nous saluer. Denis nous prend en photo sur la terrasse, nous demande de ne pas sourire, de continuer à discuter. Toi aussi tu te passionnes pour la photo, tu en prends plein, n'importe comment, surtout au Polaroïd. C'est rapide, on a le résultat tout de suite, l'appareil a été inventé pour les impatients et cela te convient parfaitement. Cette manie de notre époque de vouloir tout prendre en photo, ce phénomène allant, il me semble, s'accélérant.

Je crois que nous pourrions attendre là pendant des heures, tous les trois, le temps que les planètes fassent leurs circonvolutions. Soleil. Lune. Lever du soleil. La nuit le ciel s'éclaircit et résonne, on devine l'intense vie qui agite le sous-bois. Je vais nager, la mer est à quelques mètres. Quand l'eau me saisit aux cuisses il faut alors plonger d'un seul coup, nager vite dans les premiers mètres puis le miracle opère, mer chaude, corps frais. Je nage sous les premières étoiles, pas trop loin, je m'amuse à me faire peur, yeux fermés, les vagues me poussent comme un bouchon. Vague noire, point blanc. Je vous vois discuter tous les deux sur la terrasse, enfin sereins. T'ai-je assez aimée, Françoise ? Et toi aussi, mon petit Denis ? C'est la seule question fondamentale, la seule qui m'importe. Je dois nager vite pour vous retrouver, quand la mer vous tire par les pieds elle vous ramène toujours vers son centre, c'est son petit jeu. Tu m'attends avec une serviette ouverte et me couvres. J'ai une chanson de Françoise Hardy en tête et la chante en ne cachant pas le plaisir qu'elle me procure, « c'est long et c'est court, ça dure toujours, on s'en souvient », tu me supplies d'arrêter. Je grelotte malgré la chaleur du mois d'août. Tu restes longtemps dehors à écouter la forêt arrêtée par la plage, tu me parles d'une famille de renards aperçue sous les cèdres. On se retrouvera plus tard, dans le lit en laiton. Dans un vase ont été déposées des quenouilles de lavande. Tu as allumé un ventilateur, nous n'avons gardé que le drap, de petites vaguelettes de coton chatouillent nos peaux nues.

Il y a ceux pour qui l'enfance est un enchantement inouï. Ils se remémoreront avec nostalgie la maison de leurs grands-parents, avec cette odeur de tartes, de rôtis et de bouillons. En fermant les yeux, ils se reverront courir en culotte dans l'herbe imbibée de rosée. Compte ! À toi ! Touché ! Je t'ai vu ! Attrape ! Pan ! Pan ! À l'heure où leurs tempes grisonneront, ils frissonneront au souvenir du froid coupant des cascades, des balades à travers champs d'où s'échappaient les papillons blancs. Un jour, les grands de la fratrie

…par annoncer le destin qui vous attendait …ne : communion, service militaire, mariage. En qu…ant la maison chacun leur tour, ils fermaient l'enfance en emportant celle des autres.

Tes souvenirs sont un peu comme ceux que je décris. C'est une enfance dont la fraîcheur te poursuit. Il y a chez toi une gaieté de fond, une croyance magique qui te porte de l'autre côté du malheur. Tu restes étonnée quand la vie te surprend avec ses gifles et te rappelle à l'ordre. Il n'y a jamais eu de rupture entre la beauté éblouissante de ces années et les facilités dont tu as continué à jouir par la suite. La réalité est ailleurs.

En élevant Denis avec toi je me demande s'il a hérité de la même chance, si nous sommes justes, si les soins que nous lui prodiguons sont les meilleurs, si nous sommes assez présentes ou aimantes ou strictes. Est-ce que nous le rendons heureux ? Je ne sais pas faire autrement que l'emmener acheter des costumes, surveiller ses devoirs sans en avoir l'air, épousseter ses vestes, m'intéresser à ses histoires. Il est gentil ; il est de toi.

Je ne crois pas avoir connu ce qui s'appelle l'insouciance. Enfant je regardais les adultes en enviant leur vie, leur liberté de mouvement et de parole ; et bien qu'emprisonnés dans les impératifs de la vie, ils avaient plus ou moins le loisir, s'ils le souhaitaient, de partir loin. En les voyant assis dans leurs voitures je me demandais : pourquoi ne roulent-ils pas jusqu'au fond de l'Oural ? Qu'est-ce qui les retient à vouloir rester ici, dans cette ville qu'ils connaissent déjà ? Quelle prison invisible les conditionne au point de vouloir respecter l'ordre établi ?

Pour nous aimer, Françoise, il nous a fallu monter un rempart contre le monde, dans un grand silence où règne un équilibre d'amour. Ce que je dissous dans l'alcool, la nuit et toi me donnent la pleine conscience d'une richesse qui m'était jusqu'alors inimaginable. Plus je me détache de l'enfance, plus je suis heureuse. Nous ne formerons jamais une famille, ni même un couple, nous ne travaillerons jamais comme la plupart des gens, nous traverserons la vie en nous faufilant, trouvant ailleurs notre orient. Nous nous entendons uniquement sur l'essentiel – c'est-à-dire sur ce que nous excluons.

Je crois que la vie heureuse a commencé avec toi.

38

La nuit du 4 août 1986, la mère de Peggy meurt dans la maison de Françoise à Barneville.

Peggy et Françoise ont roulé jusqu'au Breuil sur l'autoroute fraîchement construite où aucun arbre déraciné n'est susceptible de leur barrer la route. En arrivant, Peggy observe le corps endormi de Louise Nadermann, étendue paisiblement dans la chambre bleue. Ses cheveux, blancs et flous, encadraient son visage amaigri. Avait-elle souffert ? Louise Nadermann est morte et avec cette réalité toute naturelle s'était dissipée cette ombre de déception perceptible sur son visage lorsqu'il se tournait vers sa fille.

La mère de Peggy avait choisi la chambre bleue, celle pour laquelle on se disputait avant, parce que c'est la plus fraîche en été. Peggy n'avait pas regardé dans le placard de sa mère depuis son premier entretien chez Givenchy, près de quarante ans auparavant, où elle avait choisi cette robe de Pauline Trigère. Les chaussures de Louise Nadermann étaient bien alignées sur leurs embauchoirs en cèdre. Ses manteaux étaient cachés dans des housses. Dans des boîtes à chapeau, Peggy retrouve les robes que sa mère portait pendant la guerre, une noire et une marron, en laine, très usées. Elle avait disposé des photos de Peggy enfant et d'autres de Moussaud sur sa table de chevet. Aurait-elle aimé avoir des petits-enfants ? Peggy a pensé qu'il fallait lui trouver des habits, les derniers. Elle a choisi une robe de coton écru, avec des broderies bleues aux poignets. Il y avait une forme de pureté dans cette matière qui lui rappelait un linceul. Dans un tiroir, entre les albums photo et les carrés de soie, elle trouve un petit papier gris tout fin, usé et plié en quatre que Louise Nadermann avait conservé longtemps dans son porte-monnaie :

COMMISSARIAT GÉNÉRAL
AUX QUESTIONS JUIVES
CERTIFICAT DE NON-APPARTENANCE
À LA RACE JUIVE

C'était un de ces certificats pour les Aryens à propos desquels existaient des présomptions de judéité. Louise Nadermann devait trembler à chaque contrôle, à chaque rafle, avec ce nom autrichien qu'elle avait. Avait-elle songé aux faux papiers ? Ce nom s'était transmis sans ombrage dans les siècles et s'était arrêté avec sa mère, se cachant sous celui du père. Un nom, c'était tout ce que Frédéric Roche leur avait laissé et c'était suffisant pour les sauver.

Françoise a proposé que l'on enterre le corps de Mme Nadermann dans le cimetière de Honfleur près d'Équemauville. En passant devant la tombe de la romancière Lucie Delarue-Mardrus Françoise s'est arrêtée net, elle a dit que cette femme avait publié plus de soixante-dix romans mais qu'ils étaient tous oubliés. Il restait de son œuvre des petits poèmes que les enfants, parfois, apprennent à l'école. Elle annonce cela comme si elle avait peur qu'on lui réserve le même sort. Pour une fois Françoise roule doucement comme pour sentir l'attrait des plages. Où aller ? Françoise parle de Delarue-Mardrus, apprend à Peggy qu'elle a été l'amante de la romancière Natalie Barney, elle-même amante de la danseuse Liane de Pougy et de Renée Vivien et future amoureuse de l'écrivaine Hélène van Zuylen. Natalie Barney avait tenu pendant soixante ans un salon rue Jacob à la manière de l'école de Sappho à Mytilène, et autour d'elle gravitait, avec une énergie échevelée, une société d'artistes, célèbres et influents. Sa grande main active le levier de vitesse, Françoise pousse un peu la voiture et s'arrête sur une crête pour voir plus loin. « J'ai fréquenté souvent ce salon de la rue Jacob », ajoute Sagan en remontant le col de son manteau. Le vent s'est levé sur la plage de Pennedepie, Peggy n'en savait rien. En rentrant Pepita leur avait préparé de la soupe.

39

1986

Quand tu retrouves Elvire ou Massimo c'est le corps de Jeanne Delambre qui me console, cette histoire n'a pas de nom. Personne ne soupçonne notre vie de nuit. Penser à Jeanne, aller la voir est mon secret, le seul qui me reste. Nous aimer nous égarera et cette peur me grise, il y a le plaisir et la douleur de la quitter et la peur que ce secret s'évente, ou qu'il s'épuise, ou qu'il me sépare pour toujours de toi. Parfois Jeanne et moi partons dans sa maison de campagne et nous ne quittons pas le lit, probablement comme toi et Elvire, mon amour.

Hier la brigade des stups t'attendait devant la porte de la rue du Cherche-Midi. Ils étaient trois, habillés en civil. Quand je les vois entrer j'ai une réaction irrationnelle, je suis terrorisée à l'idée qu'on nous emmène dans un panier à salade. Toi c'est tout le contraire, un peu plus et ils déjeunaient à la maison. Tu autorises sans aucune espèce de retenue qu'ils fouillent ton sac et ta valise. Mme Bartoli est mutique, elle regarde les flics de la brigade s'agiter, soulever les coussins, ouvrir les placards, inspecter les tapis, les tiroirs des commodes. Nous restons debout dans le hall à écouter la maison se secouer de l'intérieur, hémorragie de livres à l'étage, de couverts à la cuisine, grincement des chaises sur le parquet. Je ne sais pas jusqu'où vous trafiquez, combien et dans quelles conditions. En même temps je me suis toujours persuadée que cette maison doit cacher des mouchards dans les moindres fils des tapis, que tout ceci n'est qu'une mise en scène d'intimidation pour nous effrayer et nous pousser à parler, mais pour raconter quoi, et de qui ?

— Allez. On y va. Vous allez marcher vite. Des journalistes nous attendent dehors. Madame Sagan vous sortez la première.

— Bien entendu ! On y va ? Peggy, venez.

— Jacques ? Prenez mon sac s'il vous plaît. Madame Bartoli, à tout à l'heure.

Nous montons dans une voiture noire, la plus banale du monde. Je suis assise contre toi, tu fixes le paysage qui se déroule dans une banalité révoltante, magasins, néons, routes, feux, piétons. La vie ordinaire qui se poursuit sans nous, personne n'a besoin de nous. Je pense à Jeanne Delambre qui aurait pu me sauver, dans sa robe d'avocate à petite langue blanche. La voiture banalisée traverse la Seine, nous arrivons au

36 quai des Orfèvres. Jacques D. est interrogé en premier. Lorsqu'il en sort il est livide et tremble, je me doutais qu'il dealait parfois mais à ce point ? Tu fuis lâchement son regard et je vous déteste tous les deux d'être aussi pleutres, je pourrais hurler. J'entre dans le bureau à mon tour, deux policiers en uniforme m'interrogent, me demandent des noms, tous les noms. Nos amis, notre famille, notre famille de nuit, le détail des fêtes, notre emploi du temps. J'hésite avant de dire que je ne sais rien, que je ne consomme jamais, je veux protéger les miens mais cela veut aussi dire de dénoncer les autres pour te sortir de l'addiction et finalement je dis que parfois je crois que oui, que les gens consomment, vaguement. Je suis relâchée. Je ne sais pas combien d'heures ils t'ont gardée, ensuite.

Jacques m'a appelée. Il m'a fait le récit précis, étrange, de ce qu'il avait vu la veille, en sortant de l'interrogatoire, où il a été question de détention provisoire, et finalement non, et finalement peut-être, et on verra. Vers minuit il m'aurait vue menacer d'un tesson de bouteille la serveuse d'un bar de filles, le Katmandou, pour qu'elle me redonne à boire. Je ne me rappelle plus de rien. J'écoute le récit qu'il fait de moi comme s'il parlait d'un autre corps, de mon double diabolique. J'ai honte. Petit à petit les souvenirs reviennent, je me rappelle avoir croisé des tas de mannequins, des jeunes, la plupart sous LSD ou sous héro. C'est très facile de trouver de l'héroïne à Paris, tous les jours on apprend des morts par overdose. La mort côtoie tout le temps l'expérience des limites du corps exposé, la chose spectaculaire à laquelle on vous résume. Il est dix-huit heures. Je ne sais plus où j'ai garé ma voiture. Je me rappelle seulement être rentrée avec les éboueurs qui passaient rue du Vieux-Colombier, je leur ai demandé si je pouvais monter avec eux. Je les ai accompagnés, talon sur la margelle du camion, jusqu'à la rue du Cherche-Midi. Ils étaient très amusés (il me semble).

40

1990

Françoise continue d'écrire la nuit, quand elle rentre des soirées où Peggy n'est pas invitée. Les critiques s'enthousiasment pour *Un sang d'aquarelle* et *La Laisse*. Bonnes ventes. Elle prépare ce qui deviendra *Les Faux-Fuyants :* le récit de quatre mondains qui tentent de fuir Paris envahi par les Allemands. Leur voiture sillonne les routes de France, tandis que les civils marchent sous les sirènes des Stukas. À la mort de leur chauffeur, ils se réfugient chez des paysans en Beauce et apprennent à vivre parmi les poules. Sujet comique, fond tragique.

Peggy voudrait que Françoise mange plus, que Françoise dorme plus, qu'elle arrête de fréquenter des drogués. Que dire de ce médecin particulièrement sympathique qui la « dépanne », allant jusqu'à dîner à Barneville ? Peggy les déteste tous. Elle déteste aussi Françoise d'être aussi manipulatrice. Elle connaît ce comportement méprisant de droguée, qui pense qu'elle peut émouvoir tout le monde en criant bien fort et en tapant du pied, usant son auditoire.

Françoise, elle, répète qu'Elvire est merveilleuse. Qu'elle est drôle et bête, d'une bêtise excitante comme le personnage d'Hélène dans *Un chagrin de passage*. Il n'y a plus aucun frein avec elle, la fête se déplace en un seul mouvement, dès qu'Elvire est là il se passe quelque chose. Elle le dit à Peggy, une fois, sur le ton du reproche. Peggy qui passe, depuis soixante ans, d'excès en tous genres à des cures où elle ne boit que de l'eau. Peggy qui effectue annuellement des check-ups à l'Hôpital américain, analysant la moindre cellule de son corps. Peggy qui ne fait plus que s'occuper de Françoise va mourir dans exactement un an.

Elle reçoit encore à sa table, tous les midis chez Lipp, des rédactrices, des assistants, des couturiers. Elle mouille encore de ses lèvres impeccablement maquillées ses serviettes de table en tissu. Elle commande toujours des bouteilles de vin blanc et remplit les cendriers de mégots maculés. Elle embrasse, quand il passe à sa table, les mains de M. Cazes, le patron de chez Lipp. Entre deux visites de Françoise au tribunal, Peggy trouve même le temps de participer à de rares éditoriaux pour *Femme*. La mode vient vers elle, chercher son conseil. Des amies mannequins lui rendent visite rue du Cherche-Midi, dorment là et repartent le lendemain pour New York ou Tokyo, où des photographes, des rédactrices en chef, des maquilleurs, des coiffeurs, des stylistes, des journalistes, des maisons de couture et des milliers d'actionnaires dépendent de leur bon vouloir pour enclencher la machine de la mode.

Mais depuis un certain temps Peggy sent une douleur se loger doucement sous son cœur. La douleur prend la forme d'un petit rongeur, souple et allongé, qui aurait trouvé dans la chaleur de ses organes sa chambre palpitante. Peggy cache à tout le monde cette image étrange. Françoise lui fait remarquer son manque d'entrain. Il y a Noël il y a le Nouvel An, tous ces instants amplifiés qui ponctuent la vie parce qu'on se rappelle du Noël d'avant, et celui d'avant encore, avec les mêmes rituels qui obligent à être heureux, avec les cadeaux, le sapin et le petit Jésus sur sa paille. Plusieurs fois Françoise lui demande si ça va, si elle s'ennuie. Quelques minutes après le début de l'année 1991 Peggy monte se coucher. Denis et Françoise accusent son amour du champagne. Mais fin janvier, Peggy n'est toujours pas remise. La douleur s'étire, s'amplifie. Pour faire plaisir à Françoise, Peggy accepte de se rendre dans un laboratoire pour faire des analyses. Elle ne veut pas connaître le résultat, Françoise s'empresse de les récupérer. Lorsqu'on lui explique que Peggy souffre d'une importante tumeur, Françoise froisse les résultats d'analyse dans son sac. Elle va chercher son amie, l'emmène déjeuner, lui parle de tout et de rien avec une bonne humeur excessive. Elle sait Peggy condamnée et Peggy le sait aussi.

Françoise insiste pour que Peggy soit opérée contre l'avis pessimiste des médecins mais ils cèdent devant elle. Alors les médecins ouvrent Peggy, regardent à l'intérieur du corps et inspectent ses organes, ceux que l'on porte toute sa vie sans jamais les voir. Les médecins voient le rongeur, logé dans le pancréas. Ils constatent sans surprise ce qui avait déjà été confirmé sur le scanner et referment le corps de Peggy comme une momie que l'on viendrait d'embaumer.

Un mois plus tard Françoise et Peggy se rendent boulevard de la Muette voir un guérisseur qui pose ses mains au-dessus de l'estomac de Peggy. La séance dure quatre heures. Françoise fume dans la salle attenante. Quand le petit homme cravaté sort dans la salle il annonce à Françoise qu'il n'y a rien à faire, qu'elle va mourir. Pendant des mois Françoise ne dit rien à Peggy, rien d'autre à part qu'il faut y croire, qu'elle s'en sortira. Et Peggy, qui ne veut jamais contrarier Françoise ni ternir son bonheur, lui dit qu'elle a raison, tout en se sachant condamnée depuis le premier jour.

En juillet Françoise emmène Peggy à Verderonne pour respirer l'air de la campagne. Mais Peggy souffre trop pour s'en émouvoir. Françoise lui propose d'aller se reposer à Cajarc, pour retrouver la maison d'enfance. Elle l'installe dans son Austin et traverse la France sans freiner. « On a beau être fou d'amour, en vain, on l'est moins à deux cents à l'heure. » Elles longent la vallée du Lot, s'enfoncent dans la beauté des paysages de montagnes. Mais à Cajarc Peggy reste [illegible] transat, couchée sur son flanc en position [illegible] Après plusieurs jours d'une douleur intenable,

Françoise la rapatrie en hélicoptère à Paris pour lui éviter les soubresauts du voyage.

En septembre Peggy téléphone à chacun de ses amis. Elle leur demande de venir à heures fixes dans sa chambre du Cherche-Midi. Françoise leur ouvre à tour de rôle et les accueille dans le hall. Lorsqu'ils se présentent à son chevet Peggy leur répète inlassablement : « Voilà, c'est la dernière fois que tu me vois. Je suis fichue. » À la fin de la journée, elle reçoit ses derniers amis, toujours étendue sur son lit. Ses genoux maigres pointent sous le tissu du pantalon. Elle distribue ses vêtements aux uns et aux autres, les conseillant encore sur la meilleure manière de les porter.

Quelques mois après la mort de Peggy, la maison de Barneville brûle. Mystérieuse maison, tissée de légendes comme sa propriétaire. Les flammes prennent le toit et les façades puis descendent jusqu'à la cuisine. Le plus précieux étant le plus futile, les rideaux, coussins, tapis, canapés et toute une partie des vaisseliers s'embrasent et se transforment en poussière grise. Les pompiers arrivent à maîtriser l'incendie mais les flammes courent vite dans les vieilles maisons. Des chaises offertes par Peggy se volatilisent en même temps que le reste. Françoise marche sur le chantier avec Elvire, ses petits pas fragilisés font craquer les parquets calcinés.

Françoise n'a jamais été aussi frêle. Elle est devenue une virgule, quelque chose de suspendu dans la phrase. On lui a conseillé des cures, des médicaments. Elle tente la psychanalyse, abandonne après deux séances. Une nuit rue du Cherche-Midi, le flacon d'anxiolytiques s'est retrouvé dans sa main. Elle roule longtemps le tube dans sa paume puis l'avale en entier. La chambre, leur chambre est morte avec elle. Partout le souvenir de Peggy réanime les objets qui l'entourent. Françoise regarde le cheval bleu, offert par Peggy au retour d'un de ses voyages au Mexique. Les bijoux de Peggy. Les parfums de Peggy. Il y a dans l'harmonie des couleurs, dans chaque angle des pièces le regard noir et le sourire de Peggy Roche, et les murs résonnent encore de sa voix exaspérée qui dit : « Mais non ! Françoise ! Arrêtez ! » Elle a dormi longtemps dans ce lit, espérant toujours que se dissipe le mauvais rêve. Déménager ? Encore ? Le tube a roulé sur le sol. Il fait nuit. Qui se souciera de sa chute ? Françoise s'effondre sur le tapis, au pied de la table où repose la Remington, là où les escarpins de Peggy s'enfonçaient, là où elle veut revenir tout à fait : à la terre.

Il y a un rai de lumière blond sous la porte, d'une douceur obsédante. Parfois, la lumière se trouble de lignes noires. Françoise sait que de l'autre côté se déroule, avec une injustice innommable, la vie des gens libres. Il lui suffirait de dire : « À l'aide ! » et Jacques D. ouvrirait la porte, trouverait son corps affaissé et appellerait un médecin. Il lui faudrait juste étendre un peu le bras vers la plinthe, entrebâiller légèrement la porte pour que quelqu'un remarque sa main dans la lumière de la lampe. Pourtant Françoise ne bouge pas. Elle sent qu'elle est au milieu de la mer. Qu'une sensation à la fois puissante et apaisante a réchauffé ses épaules, comme si on l'avait soudainement enveloppée d'une couverture très lourde. Que très lentement, ses douleurs s'évanouissent. Elle peut encore choisir. Elle sait qu'elle joue avec la mer, comme le faisait souvent Peggy lorsqu'elle nageait dans les courants. Quand Jacques D. la découvre, Françoise Sagan, une fois de plus, ne respire presque plus.

41

24 février 1995

« De ces déclarations conjuguées à celles de Françoise Sagan il résulte que Jacques Delahaye était hébergé et entretenu par cette dernière, à laquelle le liait une amitié de quarante ans, et qui lui avait demandé de secourir une amie commune mourante chez elle. Après le décès de cette amie il était resté chez Françoise Sagan, partageant et adoptant son mode de vie. »

Les mots illicite/boucles d'oreilles/alphapage/centaine de sachets vides/cinq grammes/arrestation volent dans l'air du tribunal, chacun maîtrisant sa réplique, parfaitement imprégné de son jeu de rôle. Françoise s'attarde seulement au mot *chambre*, au fait que ce jugement se déroule dans une chambre, la seizième, comme lorsqu'on vous confie les clés d'un hôtel. Vous aurez la chambre seize, au troisième étage. Le petit-déjeuner sera servi dans la grande salle entre huit heures et dix heures, mais si vous souhaitez le prendre dans la chambre n'hésitez pas à en informer la réception. Nous monterons vos bagages, veuillez suivre le monsieur. On y accède par un escalier Louis XVI. Des portes superbement calfeutrées, serties dans des ornementations de pierre, s'ouvrent ensuite sur votre destin.

« Je sais que Jacques achetait régulièrement et j'ai toujours entendu dire que c'était pour Françoise, je ne sais même pas si lui en prend », raconte la complice de l'un des dealers. Même si Françoise tente de minimiser l'implication de Jacques, celui-ci confirme devant le juge d'instruction avoir « aidé et partagé la toxicomanie de Françoise Sagan qu'il assistait de son amitié en échange de l'hébergement et de l'aide financière qu'elle lui offrait depuis deux ans, lui-même étant à l'époque sans ressources ». Jacques D. chez Françoise, après la mort de Peggy. Nulle part où aller et la drogue qui circule partout.

Après plusieurs jours d'audience, Jacques, Françoise et Elvire sont condamnés pour avoir transporté, détenu, cédé, acquis et fait usage de drogues. Jacques est écroué le soir même à la maison d'arrêt de la Santé, pas très loin de son ancien appartement, celui qu'il partageait avec Tan et Peggy rue d'Assas, avec la cuisine remplie de lumière.

Bientôt quatre ans que Peggy est morte, pense Jacques à qui l'on vient d'entraver les poignets. Françoise, elle, est libre.

Un travestissement

Jusqu'à ce livre, il n'existait rien sur Peggy Roche. Alors qu'elle avait été mannequin, styliste, journaliste de mode, mariée à un grand résistant puis à Claude Brasseur avant de devenir la compagne de Sagan, pas un livre, pas une exposition, pas même un article Wikipédia ne lui avait été consacré. La plupart des biographies de Sagan éludent son existence, car elle est secrète et complexe. Et Peggy m'intrigue. Leur histoire d'amour aussi.

Je voulais sortir Peggy du brouillard derrière lequel elle se camouflait. Éclairer, avec un violent coup de projecteur, celle qui était restée un personnage secondaire. À quoi ressemble une vie où l'on accompagne et aime un écrivain aussi célèbre ? Pourquoi leur histoire dure-t-elle ? Comment fait-on pour s'aimer longtemps ? Qu'est-ce qui peut bien lier un écrivain et une styliste ? Où était-elle pendant la guerre ? Pourquoi Peggy était-elle obsédée par le vêtement ? Pourquoi son personnage est-il toujours aussi contrôlé ? La mode n'est-elle pas le plus fabuleux des travestissements ? Que cachait-elle ?

Allais-je me trouver en elle ? Aurait-elle été d'accord avec Baudelaire lorsqu'il écrivait que la « mode doit (…) être considérée comme un symptôme du goût de l'idéal surnageant dans le cerveau humain au-dessus de tout ce que la vie naturelle y accumule de grossier, de terrestre et d'immonde, comme une déformation sublime de la nature, ou plutôt comme un essai permanent et successif de réformation de la nature » ?

Je me dis que ce personnage mériterait un roman. Un film, une biographie romancée avaient déjà mis en lumière sans complaisance les aspects plus sombres de la vie de Sagan ; mais quid de celle qui se sacrifia à occuper le second rôle ?

Je relis tout ce que je peux trouver sur Peggy et Françoise. Je collectionne les rares phrases qui concernent Peggy comme des pierres précieuses qui pourraient me mettre sur sa piste. J'entame une vaste enquête à coup de lettres et de coups de fil auprès de ses anciens collègues, amis et connaissances. Sans surprise, plusieurs d'entre eux sont décédés ; Peggy est née en 1929. Mais petit à petit, les miracles se produisent. Un assistant de Peggy, Emmanuel Lardier, l'ayant connue au milieu des années quatre-vingt, accepte de me rencontrer et, avec beaucoup de patience et de générosité, fait revivre Peggy sous mes yeux avec des souvenirs et des photographies privées. J'écris chez Lattès pour obtenir le contact de Marie-Thérèse Bartoli, personnage essentiel puisqu'elle a non seulement travaillé comme secrétaire pour Françoise rue du Cherche-Midi mais a aussi consacré un livre à Sagan. Malgré ses relations houleuses avec Peggy, elle me téléphone quelques semaines plus tard et, avec franchise et bonne humeur, me révèle de nombreuses anecdotes et me donne les contacts de plusieurs amis et collègues de Peggy, ainsi que de Denis Westhoff qui m'accordera aussi un entretien.

Françoise Fabian, Emmanuelle Khanh, Peter Knapp, Jean-Claude Zylberstein et même Hubert de Givenchy, pour ne citer qu'eux, me font l'amitié de me répondre. De la banquière de Sagan, Marylène Detcherry, à son amant Massimo Gargia, je veux tous les entendre. Certains proches ne me répondront jamais. Peggy ayant vécu dans le seizième arrondissement, j'écris à tous les Roche trouvés dans les pages blanches. En vain : j'apprendrai plus tard qu'elle louait sous d'autres noms, et n'a jamais été propriétaire. Néanmoins, quelques Roche me rappellent courtoisement et me souhaitent bonne chance.

Dans un restaurant où je déjeune avec Odile Sarron, collègue de Peggy à *Elle* dans les années soixante-dix et quatre-vingt, elle me signale en se contorsionnant qu'à quelques tables de nous se trouve Jean-Charles de Castelbajac. Elle me présente au couturier qui, spontanément, nous raconte ses années d'apprentissage auprès de Jacques Delahaye chez Pierre d'Alby. Il me laisse son e-mail sur une feuille arrachée à son carnet, me proposant de le revoir ; malheureusement, cette proposition est restée sans suite.

Plus j'avance dans cette enquête, plus je me rends compte que ma vie se transforme elle aussi. En quelques mois, je sens que je deviens doucement quelqu'un d'autre. Qu'il me faut voir et comprendre comme Peggy, vivre comme Peggy pour comprendre Françoise, et vice versa. Je pars en Irlande, sur les traces de Sagan et de son fils Denis, m'imprégner des paysages du Connemara. Puis à Saint-Tropez, pour rencontrer la grande amie de Peggy, Denise Sarrault, aujourd'hui âgée de quatre-vingt-dix ans et hébergée en maison de retraite. Je reçois des coups de fil furibards de gens terrorisés à l'idée que je puisse salir la mémoire de telle ou telle personne. Dans les archives du *Elle*, je trouve des reportages signés Peggy où elle se met clairement en scène, notamment à Deauville. Je prends en photo des centaines de pages des vieux numéros rangés par années dans de lourds classeurs. Les pages, consultées des milliers de fois, sont si friables qu'elles se brisent sous mes doigts.

Je lis, sur je ne sais quelle intuition, le beau livre de Patrick Modiano, *Dora Bruder*, qui me donne l'idée de demander auprès des mairies les actes de naissance de mes personnages. C'est ainsi que, alors que le manuscrit est déjà bien avancé, je découvre tardivement le nom de jeune fille de la mère de Peggy : Nadermann. Était-elle juive ? Je suis entraînée dans un couloir dramaturgique inattendu. Recherches au Mémorial de la Shoah. Recherches au Consistoire israélite. Avec le bénéfice du doute, il semblerait que non.

Seul le père de Peggy, Frédéric Manuel Roche, reste encore à ce jour un mystère biographique et généalogique. Enfant abandonné ? Aucune trace dans les registres de l'Assistance publique. Enfant reconnu après sa naissance, et donc inscrit sous le nom de sa mère ? Impossible, dans ce cas, d'en retrouver l'origine. Nom d'emprunt ? Le mystère reste entier. C'est dans ces interstices – ils seront nombreux – que le roman m'apparaît : vision lumineuse et négative d'une vie morcelée, dont j'essaie de recoudre, à la manière des vêtements de Peggy, les morceaux dispersés. Comment plonger dans sa mémoire ? Comment restituer une vie à l'intérieur de la mémoire ?

Pour les uns, Peggy était sublime, terrifiante, respectée, admirée. Pour les autres, paumée, ratée, alcoolique. Pour la plupart, élégante, habitée, chaleureuse. Le qualificatif le plus méchant qu'on ait pu lui attribuer, c'était *inintéressante*. Qui dit vrai ? J'ai voulu me faufiler dans leur histoire pour restituer une vérité fausse et vraie qui est la mienne, et qui pourrait, par le miracle de la fiction, être aussi la leur.

Remerciements

Marie-Thérèse Bartoli, Jean-Yves Bouvier, Claude Brouet, Louise Despointes, Marylène Detcherry, Françoise Fabian, Fabrizio Galeno de Atenulfi, Caroline Gamby, Massimo Gargia, Hubert de Givenchy, Tan Giudicelli, Agathe Godard, Jean-Pierre Guérot, Cécile Guilbert, Françoise Ha Van, Steve Hiett, Patrice Hoffmann, Philippe-Henry Honegger, Eva Husson, Emmanuelle Khanh, Peter Knapp, Brigitte Langevin Hispard, Emmanuel Lardier, Deborah Najar, Michèle Paquet-Beaurenaut, Patricia Pergament, Michèle Poux, Françoise-Marie Santucci, Denise Sarrault, Odile Sarron, Denis Westhoff et Jean-Claude Zylberstein.

L'auteure remercie également Mme Ariel Sion et Valérie Kleinknecht du Mémorial de la Shoah, M. Philipe Landau du Consistoire israélite de Paris, Monsieur Gérald Maupas des Archives de Paris et Mme Françoise Perrin-Houdon des archives du *Elle*.

Imprimé en France par CPI
en novembre 2016

Dépôt légal : janvier 2017
N° d'édition : L.01ELJN000716.N001
N° d'impression : 137934

Cet ouvrage a été mis en page par IGS-CP
à L'Isle-d'Espagnac (16)